ナイトランド叢書

異次元を覗く家

ウィリアム・ホープ・ホジスン

荒俣宏 訳

アトリエサード

THE HOUSE ON THE BORDERLAND

William Hope Hodgson

1908

装画：中野緑

一八七七年に、アイルランド西部、クライテン村の南にある廃墟から、トニスン、ビレグノグ両氏により発見された手記より。註を付し、ここに出版する。

(失われた永劫を、いま踏みしめていく)

父に――

著者からのメッセージ

いまここに紹介する物語をどう取りあつかうかについては、ずいぶん真剣に考えてみた。けれど、これを読者のまえに提供するにあたって、わたし自身の見解をなにひとつ加えず、たまたま手もとにもたらされた手記をそのままの形で公表しようと決心したわたしの直観は、けっしてまちがっていないと信じている。

ところで、問題は手記それ自体にある――はじめてそれがわたしの手にころがりこんできたとき、胸をときめかせながらページを繰り、一気に内容を読み通したわたしの姿を、読者はきっと想像されるにちがいない。それは一冊の小さな本にまとまっている。小さいとはいっても、かなり分厚いもので、最後の数ページをのぞけば、一風変わった書体だけれど判読には支障ない手書き文字がびっしりと書きこんである。この序文を書いているいまも、本に浸みこんだ沼気の奇妙な臭いが鼻先を離れない。それに、長いあいだ湿気にさらされたページの、軟弱で粘りつくような膚ざわりを、わたしの指先はまだはっきりと憶えている。

この本の中身についていてわたしが抱いた第一の印象を想い出すのに、苦労はいらない――それは、不注意な眼でパラパラと内容を飛ばし読んだ結果の、不可思議なものにたいするばくぜんとした感情だった。

それからどうか、ある夕方わたしが安楽椅子にふかぶかと腰かけ、その小さくずんぐりとした書物を手に孤独な時間を過ごしたおりのことを、想像していただきたい。そしてそのときわたしの判断力に襲いかかった変化！　半信半疑の到来。たんなる〝絵そらごと〟から、まるでわたしの精読にむくいるように高まっていった、ある種のたしかな、整然とした思考の方向性。それは、たんなる記録や物語の粗筋以上にはげしい興味の対象となってわたしをとらえたのだ。もちろんその内容が記録なのか物語なのかはっきりしないけれど、わたしはむしろ前者の用語を使ってみたい。わたしは小さなもののなかから大きな物語を探りあてた——その逆説《パラドックス》は逆説ではないのだ。

わたしはその本を読んだ。読みながら、人間の知性をふさぎ、未知をその足もとにまもってきた〈不可能性のカーテン〉を押しあけた。硬く性急な文章のあいだを放浪した。けれどすぐに、一見無造作に書き飛ばしたようなその文章を責める気持はなくなった。わたし自身が意識的に組みあげる技巧的な文体よりも、この不完全な文章のほうが、はるかに現実的に、あの消滅した家に住んでいた老隠棲者が死を賭けて伝えようとした物語にふさわしいなまなましさを産みだしてくれると、判断したからだ。

奇怪で異常なできごとを伝える、この単純で乱雑な手記については、べつにこれといって語るべきこともない。いま、手記は読者の眼前にある。読者ひとりびとりがそれぞれの資質と意欲にしたがって、手記に語られている物語を掘り起こしていただければ、それでいい。しかしそれでもなお、耳になじんだ〈天国と地獄〉のタイトルをつけるのにふさわしい暗黒の光景と概念とを見逃す人は、いるかもしれない。ただしそういう人びとのためにも、愉しむための物語として得られるだろういくばくかのスリルだけは、確実に保障しておこう。

さいごにひとつだけわたしの印象を書いて、このやっかいな仕事を終えよう。物語に出てくる〈天宮の球体〉の記録は、現実の物質のあいだにわたしたちの思考と情念が実体としてたしかに存在することの、驚くべき仮説（いや、ほんとうは証拠といいたいところだ！）と考えるよりほかにないということだ。なぜならそれは、永遠の機械の構造物にすぎない物質にもその実在の停止するときがやって来ることを暗示するかわりに、物質創造の計画に結びつき、それにしたがって生起《せいき》する思考と感情の世界が、ほんとうにあるという概念を通じて、人に、存在の真実を知らせようとしているからなのだ。

W・H・ホジスン
一九〇七・十二・十七

目次

異次元を覗く家　ウィリアム・ホープ・ホジスン　荒俣宏 訳

扉《とぼそ》あけよ、
　かたむけよ耳！
轟《とどろ》きこもれるのは、風の唸りのみ
　遠円《とおまる》の月の頬に散るは
涙のきらめき。
　しかして、まぼろしのうちに見る
消えゆく沓《くつ》の歩み
「死者《きみ》」は行く夜の中――

黙せ！　聞け
　闇に吹く風の
悲しき叫びを。
　ささやきも吐息もとめて、
　　黙し、そして聞け！　失われた永劫をたどる沓を、
　きみに死を命じる、あの音を、
黙せ、聞け！　黙せ、聞け！

死者の沓

1　手記の発見

アイルランドの西はずれに、クライテンという名の小さな村がある。低い丘のふもとに、ポツンと立つ村だ。あたりには、荒涼とした原野と、まったく無愛想な土地だけがひろがっている。大きく間隔をおいて、あちらこちらに、こけら板もない吹きさらしのあばら屋が見かけられる。土地ぜんたいが荒れ果てていて、住む人もいない。地面さえも、下を走る岩の露頭を隠しかねている。ここは名にしおう岩石地帯、土から突き出た露頭が、波のようにうねる峰々をかたちづくっている。

けれど、その土地のもの寂びたあらあらしさを頭から無視して、友人のトニスンとわたしは、そこで休暇を過ごすことに決めた。一年前、長旅の道すがらトニスンがこの土地に迷いこんだのは、まったくの偶然からだった。クライテンの村の外がわを流れ過ぎる名もない小川で、釣り師には絶好の穴場を発見したからだった。

その小川には名がなかったといったけれど、ついでにいいそえておくと、わたしが調べたかぎりでは、どの地図を見てもこの村や小川のことを記《しる》したものはなかった。どうやらこの地方一帯は人の眼を遁《のが》れているらしい。ありきたりの旅行案内書がたとえその地方のことを取りあげている場合でも、ほんとうには存在しないかもしれないような場所だ。理由の一部はおそらく、もっとも近い鉄道駅アルドラハンが四十マイルも先にあることだろう。友とわたしがグライテン村に着いたのは、ある暖かい夕暮れ早くだった。アルドラハンには前日の夜着いて、村の郵便局の一室を借り、そこで眠った。次の日の朝は早いうちに起きて、どこにでもころがっているような乗用車に乗りこみ、ゴトゴトゆられながら何時間も走った。

およそ考えうる最悪の道を延々と走破したこのドライブが、ひどい疲労と不快感とをわたしたちに残したあげくに、ようやく終着点を見るまで、まる一日がついやされてしまった。着けば着いたで食事と休眠を考えるより先に、まずテントを建てなければならなかったし、身のまわり品をかたづける仕事も残っていた。そこでわたしたちは仕事にかかった。運転手が手を貸してくれたから、小村のちょうど外がわにあたる川のほとりにすこしばかり場所を取って、まもなくテントを建てておえた。

身のまわり品を全部降ろしたあと、運転手を帰してやった。かれは逃げだすように、もと来た道をフル・スピードで戻っていったが、出発の前に、二週間たったら迎えに来てくれるよう頼んでおいた。そのあいだ自活していけるだけの食糧は、ちゃんと用意してきていた。おまけに、飲み水は小川から汲める。道具類といっしょに小さな石油ストーブも持ってきておいたから、燃料の心配もいらなかった。天候に恵まれ、たいそう暖かかった。

村にある宿をたよらないでキャンプを張ろうといい出したのは、トニスンのほうだった。とすると、片がわには健康そのものといったアイルランドの大家族、あと一方のがわには豚小屋、さらに頭の上は公平にも鶏たちの粗末なねぐらを雑居させたうえに、おもわず戸口に鼻を突き出したくなるような泥炭沼の臭気がわだかまる部屋で眠ったというトニスンの話は、まんざら冗談ではなかったらしい。トニスンはちょうどストーブに火を入れ、薄切りにしたベーコンをフライパンに投げこむのにいそがしかった。わたしはやかんを持って川へ水を汲みにでかけた。途中、村人の一団とすれちがう羽目になった。かれらはいぶかしそうにわたしを見つめた。だれも口をきこうとはしなかったけれど、その眼に親愛の情がないというわけではなかった。

やかんに水を入れた帰りがけに、わたしは村人のそばへ寄っていって親しみをこめた会釈を送ると、かれらも同じような仕草で挨拶を返してきた。わたしは気軽く釣場のことをたずねてみた。ところが村人たちは返事するかわりに黙って首を横にふった。じっとこちらを見つめるだけだ。質問をもう一度くりかえしたけれど、とりわけすぐそばにいたいかつい大男には個人的にたずねてみたけれど、返事は得られなかった。男は仲間のほうをふりむいて、聞いたこともない言葉でひとこと、ふたこと、声をかけた。すると不意に、集まった村人たちが純粋なアイルランド語と思われる言葉をいっせいにしゃべりだした。同時に、たくさんの村人がわたしに視線をむけた。こうして仲間うちだけの相談が一分もつづいただろうか。やがて例の大男がわたしのほうへ顔をむけて何ごとかいった。かれの表情から察すると、どうやら相手のがわでも質問を切り返してきているらしかった。けれどこの状況では黙って首を横に振らざるをえない。かれらが何を知りたがっているのか、こちらにはさっぱりわからないと、相手がたに知らせてやらなければならないのだ。こんな状態で、わたしたちはおたがいに見つめ合いながら、やかんの水を気にかけたトニスンがなかに割ってはいるまで突っ立ちつづけた。そのあとわたしは笑みを浮かべて頷《うなず》きをひとつ送り、かれらから離れた。かれらはあいかわらず当惑げな表情をしていたが、コックリと首をふって頷きを返してきた。

テントに帰る途中、荒野に立つ粗末な小屋の住人たちが英語をひとつも知らないことを、実感として感じとった。そのことをトニスンに話すと、そんなことは、おれもちゃんと心得てるさという返事がかえってきた。ここらあたりでは、外の世界を知らないまんま、孤立した自分たちの村で一生を終えるのが、人の生涯としてはごくあたりまえなのだそうだ。

「運転手を帰してしまうまえに、あの男に通訳をやってもらえばよかったよ」夕食の席に坐りながら、わたしはいった。「ぼくらが何しにやってきたかすらわからないところをみると、この土地の人間にとっちゃ、他処者《よそもの》はよほど珍しいんだろう」

トニスンが低い声で同意をあらわすつぶやきを口にしたが、それからしばらく沈黙がつづいた。どうやらすき腹も満ちたりたころ、わたしたちは明朝の計画を練りながら四方山《よもやま》ばなしに花を咲かせた。そして煙草を一服ずつ飲《や》ったあとテントのとばりを降ろし、眠る用意にとりかかった。

「外の連中が何か盗んできゃしないかな?」二人で毛布にくるまったとき、わたしはそうきいた。するとトニスンは、すくなくともわたしたちが近くにいるかぎり盗難のおそれはないだろうと、こたえた。なるほど、かれがいうとおりテントをのぞいたすべての備品は、食糧をたくわえるためにわざわざ運んできた大きな櫃《ひつ》にいれて鍵をかけておける。わたしはそれですっかり安心し、二人してすぐに深い眠りに落ちた。

次の日は朝はやく目をきまして、川へ泳ぎにでかけた。そのあと服を着けて朝食をすませた。さっそく釣道具を引っぱり出してあちらこちら手直しし終えてから、さっき朝食のときかたづけかけておいた身のまわり品をテント内に整理して、トニスンが前回の旅行で調査しておいた方角へいよいよ出むくことにした。

一日じゅう上流へのぼりつづけながら、楽しい釣を味わった。夕暮れになるころには、長いことごぶさたしてきた大釣果でビクがふくれあがった。村に帰る途中、今日の獲物の一部を夕食に供し、翌朝の食事のために上等そうな魚を数尾選び取ったあと、わたしたちの行動を遠くからものめずらしげに見まもっている村人たちに、残りの獲物をそっくりゆずってやった。かれらは大よろこびして、アイルランド風の祝福をわたしたもの上にやたらと降りかけてきた。

そんなこんなで幾日かが過ぎた。釣果はあいかわらずすばらしかった。獲物を賞味する食欲のほうも、なみたいていではなかった。村人たちがだんだん友好的になってきたのも喜ばしかった。おまけに、留守中荷物が荒らされた気配もなかった。

クライテンに着いたのが火曜日ならば、あの途方もない大発見をしたのは次の日曜日ということに、当然なるだろう。いつもの調子で行くのなら上流へ出かけるのをつねにしていたわたしたちは、なぜだかその日にかぎって竿を置き、食糧をすこしばかり携えて反対方向へ延びる長い路に足を踏みいれた。暖かい日だった。わたしたちは行程の中ほどにあたる川岸の、平たい大岩のうえで昼食をとったりして、気軽な徒歩旅行を楽しんだ。じっと休んでいるのにあきると旅を再開し、疲れればまた腰をおろして、一服やった。

どうやらわたしたちは、あれやこれやおだやかで気楽な雑談に花を咲かせながら、知らないうちにさらに一時間歩きつづけたらしかった。そのあいだ足をとめることといえば、どこか画家を気取るくせのある友人が原野の風景をいくつかあらっぽくスケッチする間ぐらいだった。

ところがとつぜん、わたしたちがずっと行程の目安にしてきた川は終着点にぶつかり——こともあろうに地中に消えてしまった。

「こりゃいったいどうしたわけだ！」と、わたしはいった。「まさかこうなるとは、思ってもみなかったな」

わたしは驚きに眼をみはって、トニスンをふりむいた。ところがかれときたらまるっきり無表情で、川が消えた地点を見つめている。

そのあとすぐ、かれは口をひらいた。

「もう少し前進してみよう。また川筋が現われるかもしれん——どっちにしてもこいつはおもしろそうだ」

わたしは承諾して、こんどはあてもなくブラブラ前進しはじめた。とにかくどちらの方向を探したらいいのか、見当ひとつつかないのだ。おおよそ一マイルも行ったころだろうか、周囲を興味ぶかそうに眺めまわしていたトニスンが急に足をとめ、眼のうえに手をあてがった。

「おい見ろよ！」一瞬息を継いだあと、かれはいった。「あそこの辺から右がわにかけて、なんだか霧みたいなものがかかってるぞ——あの大きな岩づたいにまっすぐ伸びてってる」かれは指で方角をしめした。

ひとみを凝らしてみると、なるほど何か見えてきた。しかし何だかわからないから、正直にそういった。

「まあ待てよ」と、かれはこたえた。「あそこを越えて、ひとつよくたしかめてみようよ」

かれは目ざす方向にはやばやと足を運びはじめた。わたしも後を追った。まもなく茂みのなかに出た。かまわず進んでいくと、丸石が点在する小高い堤のうえに出た。そこからだと、茂みや木立ちがからまりあう原野が見おろせる。

「この岩だらけの砂漠で、オアシスにめぐりあったような気分だ」興味ぶかげに下を見おろしながらトニスンがつぶやいた。しかしすぐに口をつぐみ、両眼を鋭くさせた。かれの視線を追って、わたしもその方向を見やった。木立ちにこもれる低地のなかほどから、静かな空にむかつて、うすい水色の水しぶきが一本の大きな柱となって湧きあがっている。そこに陽光があたって、無数の虹がつくりだされていた。

「なんてきれいなんだ！」わたしは思わず叫んだ。

「そうだな」トニスンが思案ぶかそうにいい返した。「あそこには、たぶん滝かなにかがあるんだな。おれたちのさがしてる川が、もういちど地上にあらわれたんだろうよ。さあ見にいこう」

下降斜面の堤をくだって、わたしたちは先をいそぎ、樹々と潅木のなかにすべりこんだ。下生えが足もとを埋めつくし、こずえが頭を覆いかくした。おかげで周囲が妙にうす暗かった。あたりの樹々が果樹であることもわからないほどひどい暗さではなかったし、ずっと前に放り出された畑跡だということをぼんやりと見分けられるだけの明かるさにはこと欠かなかったけれど、やはりその暗さは心地よいものではなかった。わたしはそのときふと、太古の巨大な庭園跡に踏みいっているのではないかと思った。トニスンにそのことを打ち明けると、わたしが受けた印象にはそれなりの理由がありそうだとうけあってくれた。

それにしても荒れ果てた場所だ。なんと陰気で、なんと無気味なところだろう！　前にすすめばすすむほど、古い庭がかもしだす寂寥と荒廃の香りが、濃さを増していく。わたしは悪寒を感じた。枝のからまりあう茂みに、なにか潜んでいるような気配があった。その場所を包む大気さえが、どこか恐ろしい雰囲気をただよわせているようだった。べつに口をきいたわけではないが、トニスンもどうやら同じ印象をいだいたらしい。

とつぜん、わたしたちは足をとめた。樹々のあいだからこちらの耳もとに、遠いもの音が響いてきたのだ。トニスンは前かがみになって耳を澄ました。さっきよりもはっきりと音が聞こえた。断続的で聞きぐるしい——なにか捻るような響きが遠くから伝わってくる。ことばではいい表わせない奇妙ないらだたしさが胸を衝《つ》いた。こうして知らずに迷いこんだこの土地が、いったいどんなところだというのだ？　こうしたできごとを友がどんなふうに受けとっているのか知りたくて、わたしはかれの顔を見た。けれどそこには当惑だけがあった。そのままかれの顔を見つめていると、やがてそこに、何ごとか理解したことを物語る表情が浮かんだ。かれはコックリとうなずいた。

「あれは滝だ」と、確信のこもった声がひびいた。「ここまでくれば音でわかる」かれはいきおいよく茂みを抜け、物音のする方向をめざしだした。

前進していくと、音はいっそう連続的になり、いまめざしている方角が目的地を正しく指していることを立証してくれた。音が次第次第に高くなっていって、そのときわたしがトニスンにいったことばをそのままくりかえせば――まるで足もとから湧きあがりでもするように――ま近くなった。だが、わたしたちは依然として灌木のなかにいた。

「気をつけろよ！」と、トニスンがわたしに声をかけた。「行く先にはじゅうぶん注意するんだ」

そのとたん、わたしたちは灌木から広々とした空き地に出た。さっき立ちどまった場所から六歩と離れていない前方に、巨大な亀裂が黒々とした裂けめをさらけだしていた。その底から物音が湧きあがるのだ。さっき堤の頂きから見た霧のような水しぶきを、たえまなく吹きあげている。

まるまる一分間というもの、わたしたちは驚きの眼を見はりながら黙ってたたずんだ。やがて友が好奇心にかられて奈落のふちに近よっていった。わたしも後について、やく百フィート下の側壁から流れ出る、水しぶきもすさまじい瀑布を、泡だつような飛沫を通してのぞきみた。

「これはすごい！」と、トニスンがいった。

わたしは黙って畏怖にふるえていた。その光景は想像もおよばないほど壮大で、しかも気味わるかった。もっとも、気味わるいという印象を抱いたのは、ずっとあとになってからの話だったが。

ややあって、わたしは眼をあげて大亀裂のむかい側を見た。そして水しぶきのむこうに、なにか聳《そび》えたつものをみとめた。ちょっと、巨大な廃墟の一部を思わせる。肩をかるく叩いてトニスンに知らせてやると、かれはおどろいて視線をめぐらした。指で示した方向をかれが眼で追った。そして問題の廃墟が視界に飛びこんだとき、かれはとつぜん興奮にかられて瞳をかがやかせた。

「ついてこいよ」かれは、瀑布の音を打ち消すような大声でどなった。「そばへ行って調べてみよう。どうもこの土地は妙だ。なんだか背すじがゾクゾクするぜ」まるでクレーターそっくりな奈落のふちをめぐって、かれははやばやと前にすすみだした。この新しい発見物に近よってみてはじめて、わたしの第一印象が実際に的をはずれてはいなかったことを確認できた。それは疑問の余地なく巨大な廃墟の一部だった。けれど最初想像したのとはちがって、亀裂のふちに建てられているわけではなかった。そうではなく、奈落にむかって五、六十フィートほど突きだした巨大な岩頭のほとんど最先端に、かろうじて乗っかっていたのだ。その不ぞろいな廃墟の集団は、文字どおり中空にかかっていた。

　廃墟の正面までやってきたとき、わたしたちは奈落に突き出た岩頭にむかって足を踏みだした。そのめくるめくような架け橋から未知の淵をのぞきこんだとき、耐えがたい恐怖におそわれたことを白状しておこう――流れ落ちる瀑布が轟音をひびかせ、水しぶきのとばりを一面にひろげるはるかな深みに、わたしは眼をうばわれた。

　廃墟にたどり着いたところで、わたしたちは用心ぶかくまわりをめぐった。反対がわまでまわったとき、崩れた石材や瓦礫《がれき》の山に突きあたった。問題の建物をいま細部にわたってしらべてみると、この廃墟はなにやら途方もなく巨大な建築物をかこんでいた外壁の一部にまちがいなさそうだった。ひどく分厚くて、堅固なつくりだ。けれど、この廃墟がいったいなんのためにこんなところに建っているのか、わたしには想像さえできなかった。家、それとも城、さもなくばそこにあった本体の残りの部分は、いったいどこにあるのだろう。

壁の外がわにもどってから、わたしは、瓦礫のなかにトニスンを突ったたせたまま、亀裂部分のへりに足を運んだ。それから奈落のふち近くにある地表に眼をそそぎ、この廃墟の本体をかたちづくっている残りの建物は見つからないかと、しらべはじめた。ところがいくら眼を凝らしてみても、そこにべつの建物があったらしい形跡はなにひとつ見あたらなかった。当惑が、いたずらにつのっていくばかりだった。

そのときトニスンの叫び声を聞いた。興奮してわたしの名を呼んでいる。わたしはためらいなく岩場を走って、廃墟にもどった。怪我でもしたのではないかと心配しかけたが、すぐに考えを変えて、たぶんかれがなにかを発見したせいだろうと思いなおした。

崩れた壁に着いてから、一気にそれをとびこえた。そこにトニスンがいた。瓦礫のあいだを自分で掘りひろげた小さな穴のなかにたたずんでいた。ひどく傷《いた》んだ本のようなものから埃《ほこり》を払いおとしながら、ほとんど間もおかずに口をあけて、わたしの名を呼んでいた。かけつけてきたわたしを見つけるが早いか、かれは掘り出した品物を鼻先に突きつけた。湿気を防ぎたいから、わたしが持っている小さなカバンに発掘品を保管してほしいということだった。そのあいだも、かれは発掘の手を休めなかった。けれどもわたしが最初にとった行動は、指先で本のページを飛ばし飛ばしめくってみることだった。おかげで、その本には、内容の一部分をのぞくと全体に端正で古風な読みやすい手書き文字がギッシリと書きこまれてあることがわかった。判読不可能な一部分というのは、その大多数が手でまるめられ汚され、まるでそこだけ急に消しこんだような、反古《ほご》紙向然の状態にあった。トニスンの顔色を見るまでもなく、これこそがかれの発掘品そのものだった。本の受けた損傷は、たまたま開いてあったところに石材が落下したための瑕《きず》だけらしかったが、不思議なことに本文の用紙はどちらかというと乾燥していた。たぶん廃墟の瓦礫のあいだに深く埋めこまれていたからだろうと、自分でそう決めこんだ。

ていねいに発見物をしまいこんでから、ひとりで穴掘りに熱中しているトニスンを助けにいった。あたり一面に積もった石材や瓦礫をぜんぶ掘り返すのに、たっぷり一時間も重労働をかさねたけれど、見つかったのは机かテーブルの一部らしい木材の断片だけだった。わたしたちは発掘をあきらめ、岩場にそって安全地帯へ戻った。

次におこなった仕事は、廃墟を乗せた岩の突起を唯一の例外として、それ以外には完全な〈環《サークル》〉をかたちづくっている巨大な亀裂を、くまなく調べまわることだった。

トニスンのいうとおり、その奈落は、地球の中心部にむかって一直線に下っていく巨大な井戸か陥穽に、なによりもよく似ていた。

かなり長いことまわりをながめまわしたあと、亀裂の北がわに大きな空間があるのを見つけて、そちらへ移動した。

大陥穽の入口からおそらく数百ヤードはへだたったところに、静かな水をたたえる湖があった——一ヵ所だけいつも音をあげ水泡を吹きあげている場所さえなければ、ほんとうに静かな湖だ。水しぶきをあげる瀑布の騒音から速く離れて、わたしたちはいま、無理に大声を出さなくとも気軽に会話をかわせる場所にいた。わたしはトニスンに声をかけて、この地域をどう思うかきいてみた。わたし自身はここがどうしても好きになれないから、すこしでも早くここから逃げ出せればうれしいのだがと、かれに打ちあけた。

かれは返事のかわりにうなずいてみせた。それからコッソリと森のうしろに視線をむけた。その様子が妙だったので、なにか見えたり聞こえたりしたものがあったのかと、問いただしてみた。しかし返事をしない。じっと耳を澄ましているふうで、黙ってたたずんでいる。だからわたしも口をつぐんだ。

とつぜん、かれが口をひらいた。

「聞け！」と、かれはするどい声でいった。わたしは友を見つめ、そのあと思わず息をとめて樹々の茂みへ視線をめぐらした。

緊迫を秘めた静寂のなかを、一分が過ぎていった。しかしわたしにはなにも聞こえない。そういおうとしてトニスンをふりむき、口をひらいたとたん、左がわの森かげから、奇妙な泣きわめくような物音が聞こえた……樹々のあいだからただよいでた物音につづいて、木の葉のざわめく音が聞こえ、そのあとまた静寂がかえってきた。

トニスンがすぐに口をひらいた。わたしの肩に手を置いて、「ここから出るんだ」といった。周囲をとりまく茂みや樹々がいちばん薄い場所にむかって、すこしずつ足を運びはじめた。かれの後についていて退去をはじめたわたしは、太陽が低くかたむいていることにとつぜん気づいた。あたりには、背筋をわななかせるような冷気があった。

トニスンはそれ以上ひとことも口をきかず、足ばかり動かしつづけた。林のなかにはいりこんだところで、わたしはいらだちながらまわりをさぐった。しかし静かな梢《こずえ》や幹やもつれあう灌木の茂み以外、見えるものはなにもなかった。わたしたちは前進した。静寂をやぶる騒音もない。前進する途中でわたしたちが踏みしだく小枝の音が、たまに響くぐらいだ。けれどその静けさにもかかわらず、二人の周囲になにか恐ろしげな気配があることは打ち消せなかった。トニスンと体を触れあうようにしてすすんだから、途中二度ばかり歩調を合わせそこねてかれの踵《かかと》を踏みつけるしまつだった。一分、そしてさらに一分たったとき、わたしたちは岩だらけの村はずれへ通じる森の境いめにたどり着いた。樹々のあいだをぬって最後までわたしたちを追ってきた恐怖の感触をやっと振り落とせたのは、そのあとだった。

遠ざかるとき、あの遠い泣き声が聞こえた。夕暮れに風はなかったけれど——風のせいだなと、自分にいいきかせた。

やがてトニスンがしゃべりはじめた。

「気をつけろよ」と、かれは強い口調でいった。「おれはどんな金を積まれたって、あんなところで夜を明かしなどしないぞ。あそこにはけがらわしい気配が——なにか邪悪な雰囲気がただよっている。きみにそういわれたとき、おれはその気配をとたんに感じた。森にはよこしまなものがうようよ潜んでいるみたいだった!」

「そのとおりだ」と、わたしはこたえた。問題の土地をふりかえってみたが、丘のかげに隠れていて廃墟は見えなかった。

「ここに本がある」わたしはそういって手カバンに手を突っこんだ。

「うまく持ってこられたのか?」かれは急に眼をかがやかせて、そうたずねかけた。

「もちろんさ」

「それはいい」と、かれはつづけた。「テントにもどったら、本の中身からなにかわかるだろうよ。とにかく急いだほうがよさそうだ。まだテントへは道のりがある。こんなところで夜になられちゃ気分がわるい」

わたしたちがテントに着いたのは二時間後だった。着くとすぐ夕食の準備にかかった。昼間かるい食事をとってから、まだなにも口にしていなかったからだ。

夕食のあと、かたづけものに一段落つけたわたしたちは、パイプに火をつけた。そろそろ手カバンから発掘品を出してみせろよと、トニスンがいった。わたしはかれの意見にしたがって本を取りだしたが、二人一度に内容を読むわけにはいかないので、ひとつぼくが声を出して読みあげようと、提案を出した。「けどな、注意してくれよ。内容のなかば以上も読み飛ばされちゃ、かなわんからな」

内容があらかじめわかっていたら、そんな忠告がどんなに無意味なものか、かれにはよく理解できたにちがいない。小さなテントの土間に坐って、わたしは〈異次元を覗く家〉(手記のタイトルはそうなっていた〉にまつわる不思議な物語を読みあげはじめた。次に紹介するのが、その物語である。

2　沈黙の平原

わたしは老人だ。なんの手入れもしない大庭園にかこまれたこの古家《ふるいえ》で暮らしている。むこうの荒れ野に住んでいる農夫たちは、わたしを頭がおかしい、という。理由は、わたしがかれらと何の接触も持たないからだそうだ。家のなかのこまごました仕事を一手に引き受けてくれる年とった妹と、二人暮らしのわたしだ。召使いというのは嫌いだから、ひとりも置いていない。たったいっぴき、話し相手の犬がいる。そうだ、へたな人間どもよりも、わたしは老いたペッパーのほうが好きだ。ペッパーは、すくなくともわたしを理解してくれる。暗い気分でいるときにはわたしをひとりにさせてくれるだけの、思いやりを持ちあわせている。

ところでわたしは、今日から日記のようなものを書きはじめることにした。こうすれば、他人に理解させられない考えなり印象なりを、記録として残しておける。しかし、まずなによりも、この恐ろしい古家で孤独な日々を送るあいだに見聞きした奇妙なできごとを書き残したいのだ。

そもそもこの家は、二世紀にわたって悪い噂と縁が切れないできた。わたしが買い取るまで、八十年ものあいだ誰も住まなかったそうだ。だから買い値は、ばかばかしいほど安かった。

わたしはべつに迷信ぶかい人間じゃない。けれどこの古家に起こったできごとを否定する気力はなくなった――なんとも説明のしようがない怪現象が、たてつづけに起こったのだ。おかげでわたしは、こうして自分が理解しうるかぎりのことを日記に書きつけることで、自分の気分を晴らさなければならない羽目になった。死んだあとこれを読んでくれる人は、きっとかぶりをふるだろう。わたしが気ちがいだったことに、よりいっそうの確信をもつかもしれない。

この家は、とてつもなく古い！　しかしそれよりもさらに驚くのは、この家の奇妙な建築様式だ。すこし曲がりくねりながら伸びでる塔や高楼が、まるで燃えあがる炎のようなかっこうで屋根を覆っている。いっぽう建物の本体は円形にまとめあげられている。

村人たちのあいだに伝わる、よくないうわさは、もちろん聞いている。あの場所は悪魔が建てたというのだ。ほんとうかどうか疑わしいものだが、それはまあいい。真実であれいつわりであれ、わたしが来る前に家の買い値を下げてくれたという功績をのぞけば、そんなことに興味もないし、まして真偽のほどを知りたいとも思わない。

この家にまつわる近隣のうわさばなしのなかに、多少でもうなずける信憑性をみとめるようになったのは、ここへ移ってから何十年かたったときだった。すくなくとも十回以上は、わけのわからないものを、ぼんやりとだけれど目撃した。目撃したというより、感じたといったほうがただしいかもしれない。それから年月がたつて齢をとっていくうちに、わたしはなにか目に見えない存在物を感じ取るようになった。ガランとした部屋や廊下で、眼には映らないが、まちがいなくそこに実在するなにかを、おりにふれて感じとった。それでもさっきいったとおり、俗にいう〈超自然〉のたしかな露呈をみとめるまでには、ずいぶん長い年月を要した。

それは万聖節《ハロウィーン》の宵ではなかった。怪談ばなしでも語るつもりなら、そんなできごとをそれにふさわしい夜に起こさせるのが常道というものだが、あいにくわたしのは実体験をしるすなまの記録だし、だいいち人を楽しませせようと思ったらペンや紙なんか使いはしない。それは一月二十一日の朝、時計が零時をまわって間もないころのことだった。まいどの習慣で、わたしは書斎にすわって読書していた。椅子のすぐそばでは、ペッパーが睡っていた。

すると、二本のろうそくがとつぜん炎のいきおいを弱め、それから気味わるい緑色の光をまたたかせた。いそいで顔をあげると、明かりが鈍い赤色の点になって消えようとしていた。部屋ぜんたいが、奇妙な、重くるしい真紅のうす明かりに照らしだされた。その明かりは、椅子やテーブルのかげに二倍も濃い闇を投げかけた。光があたるところは、どこもまるで螢光を帯びた血をぶちまけたように、紅《あか》く染まった。

床の下から、よわよわしく震えがちな鳴き声が聞こえた。わたしの足もとになにかが体を押しつけてきた。ペッパーだった。ドレッシング・ガウンのなかにもぐりこもうとしている。いつもはライオンのように勇敢な、ペッパーがだ！

わたしにはじめてなまの戦慄をもたらしたのは、どうやらこの犬の動作だったらしい。明かりが緑色に変わり、それから紅色に変わったときも、たしかにひどく度肝をぬかれたけれど、部屋に有害ガスが流れこんできたための火災反応だろうと、そのときは単純に思いこんだ。しかし、今はそう思わない。ろうそくだって安定した炎で燃えていたし、大気中のガスが原因になる場合のように、明かりが消える気配は、まるでなかったからだ。

わたしは動かなかった。自分がひどくおびえているのを感じた。しかし、そこで待ちつづける以外に、どんな行動も思いうかばなかった。ほぼ一分間、わたしは神経質に部屋のなかを見わたしつづけた。それから、明かりがすこしずつ消えいろうとしていることに気づいた。やがて明かりが小さな紅い斑点に変わり、闇のなかに浮かぶルビーそっくりな輝きに落ちついてきた。そのあいだわたしは坐ったままだった。夢でも見ているような無感覚さが、わたしを包もうとしているようだった。それといっしょに、わたしにとり憑きはじめていた恐怖は消えた。

古い造りの大部屋をわたった遠すみに、よわよわしい光があらわれた。震えるような緑の光を部屋じゅうに輝かせながら、すこしずつ光量を増していった。それからふいに光をよわめ、ちょうどさっきのろうそく火みたいに——深く陰気な真紅に変わり、すぐ光量をとりもどして、おそろしい輝きを部屋に満たした。

その光は突きあたりの壁から現われて、どんどん明かるくなった。耐えられないほど、まぶしい輝きが、眼をつよく刺激するようになったとき、わたしは思わず両眼をとじた。もういちど眼をひらくまでに、数秒はたったかもしれない。見ひらいた瞳がさいしょにうつしだしたのは、だいぶ光量をよわめた明かりだった。おかげで、もう二度と眼を刺激されることはなかった。明かりがさらに鈍くなっていくなかで、わたしはとつぜん、自分が紅い輝きを見ているのではなく、そのむこうの、壁を超えたかなたを一心にのぞきこんでいるのに気づいた。

その認識を事実として受けいれるにつれて、部屋を照らすのと同じうす明かりに照らしだされる茫漠とした平原を見つめている自分を、いよいよはっきりと認めなければならなくなった。この平原の広大さは想像の限界を超えていた。見わたすかぎり、平原の外縁らしいものはまったく見あたらなかった。先へ行けば行くほど、大きくひろがってしまうような印象を受けた。おかげで、平原の果てを見分けることなんかできなかった。手近な位置にある情景がすこしずつ鮮やかさを増していった。それから、アッという間に光が消えた。まぼろしも——それがもしまぼろしだったらのはなしだが——色うすれて消えてしまった。

自分がぼんやりと椅子にすわっているのではないことを、ふいに知った。かわりに、椅子のうえに浮かんでいる。なにかを寄せあつめたような、口ひとつきかない黒い物体に、眼をそそいでいる。しばらくは冷たい突風がわたしのそばを吹きあれた。気がつくと、わたしは夜空の下にいた。暗黒のなかを泡のようにただよいながら、上へのぼろうとしていた。上昇するたびに、氷のような冷気が体を包みこむような感じがして、思わず身ぶるいした。

やや時間がたってから、右や左に眼をむけて、遠い炎の輝きをちりばめた厚い闇を見つめた。上へ、上へ、わたしはのぼった。いちどうしろをふりかえった。わたしの左方向に消えようとしている、小さな青い光球が見えた。地球だ。それよりもずっと遠くはなれたところに、太陽が、暗闇を背景として白い炎のように生き生きと燃えさかっていた。

永遠の時がすぎた。そして最後に地球を見た——果てしない宇宙にただよいながら青い光輝をいつまでも放ちつづける球体。そのなかで、埃のような魂の小片となったわたしが、遠い青の世界から未知の領域をめざして、黙々と空間をよこぎろうとしていた。

途方もない時間が、あたまの上をすぎさったようだった。どこをむいても、なにひとつ見えない。

恒星の群れを超え、そのかなたに待っている広大な暗黒世界にとびこんでいくわたし。そうしているあいだ、明かるさと、痛いほどの冷たさを感じた以外、これといって感覚を刺激されることはなかった。しかし今はちがう、強引な暗黒がわたしの魂にはいりこんでくるようだった。わたしは恐怖と絶望のとりこになった。これからいったい、どうなるのだろう？　どこへ行きつくのだろう？　そんな不安があたまをかすめたころ、体を包む無限の闇のかなたが、ほんのすこし血の色を帯びてきた。しかしひどく遠いようだった。まるで霧のような色彩だ。それを見たとき、さっきまでの圧迫感がきれいさっぱり消えた。絶望を感じることは、もうなくなった。

遠い赤色が、すこしずつではあったけれど、確実に色彩をつよめ、大きくひろがっていった。もっと近づいていくと、それは巨大で沈鬱な光輝に変わった——色こそ冴えなかったが、大きさはおどろくほどだった。そのまま上空を飛んでいくと、あんまり近づきすぎたせいで、その光輝が、血色をした陰気な海洋のようにわたしの足もとにひろがった。よくは見えなかったが、その輝きがどの方向にも無限にのびているらしいことだけはわかった。

さらに遠くすすんだところで、自分がその輝きをめざして下降しはじめていることに気づいた。まもなく、重くるしい赤色の雲がかたちづくる海に沈んでいった。ゆっくりと赤色の雲をぬけていくと、そこにとてつもなく巨大な平原があらわれた。〈沈黙の境界《ボーダーランド》〉を形成する場所に立っているわたしの屋敷で、前に見たことのある平原だった。

ほどなく着地した。孤独な大平原のまんなかにたたずんだ。表現のしようがない寂しさをかもしだす暗い薄光に照らされる世界。

遠く右手の天空には、にぶい赤色の炎が巨大な環をつくって燃えあがっていた。その環の外縁から、もだえるように伸びでるジグザグの炎が、あざやかだった。この環の内がわは黒い。夜空の暗黒のように、黒い。その物体が、領域いっぱいに不吉な光を投げかける異様な太陽《サン》であることは、すぐにわかった。

その奇怪な光源から眼をはなして、もういちど周囲を見まわした。けれどぐるりを見まわしてみたところで、果てを知らない平原のあきあきするようなひろがりをのぞけば、なにも見えはしなかった。どこにも生命の気配は感じられない。

太古の廃墟ひとつ見えない。

その平原上をただよいながら、わたしはゆっくりと前進していった。永遠とも思える長時間をついやして、前進していった。すこしばかりの好奇心と大きな驚きがいつもわたしから離れなかったのは事実だが、それよりも、ひどいいらだちにおそわれなかったのはさいわいだった。その広大な平原のひろがりを、いつも全方向にわたって見わたすよう心がけたが、そうするときはいつも、単調さを破ってくれるなにか目新しい発見はないかと眼をこらした。しかし変化はなかった

——孤独と沈黙と砂州だけの世界があった。

やがて、赤みをおびたうすい霧が地表をおおっていることを、なかば無意識的に知った。もっと気をいれて見つめてみたが、ほんとうに霧かどうか判別できなかった。平原の砂州とまじりあっているように見えることが、霧に奇妙な幻想感をあたえ、非物質的なものの印象をもたらしていた。

そのうち、平原の単調さに飽きがきた。だが、いまわたしが運ばれていこうとしている場所を視界にとらえるまでには、ずいぶん長い時間がかかった。

はじめは、平原の表面に突きだした高い岩だらけの丘に似たものが、はるか前方に見えた。しかし近づいてみると、それが錯覚だったことがはっきりした。それは低い丘ではなく、大きな山脈だったのだ。遠い峰々か、ほとんど視界からうしなわれるまでえんえんと、紅いもやのなかに延びていた。

3　闘技場《アリーナ》に立つ家

いつのまにか、山々の連らなりにたどり着いた。そこから針路がかわって山のふもとをめぐりだし、山脈のあいだにひらいた巨大な裂けめにとつぜんぶつかるまで、すすんでいった。そのあいだを、ゆっくりした速度で通りぬけた。両がわに、岩そっくりな物質でできあがった急傾斜の壁がそそりたっている。あたまのうえに色うすれた赤色の帯があった。裂けめの口が、近よりがたい峰のあいだにひらいているのだ。裂けめのなかは深く、暗く、無気味で、凍てつくような静けさにつつまれていた。そのまましばらく前進をつづけていくと、峡谷のむこうはじが近いことをしめす深紅色の光が見えてきた。

一分がすぎさった。わたしは裂けめの出口に立って、山々がかたちづくった途方もなく巨大な円形劇場を見おろした。けれど山々の偉容にも、その場所の恐るべき荘厳さにも、心をどらわれているひまはなかった。闘技場《アリーナ》をおもわせる円形の平地のまんなかに、緑色の翡翠でできているらしい巨大な建物を遠く見つめて、驚きに満たされたからだった。とはいっても、わたしをほんとうに驚かしたのは、建物の発見そのものではなかった。なるほど色と大きさこそちがうが、その孤独な家が、いまわたしの住んでいるこの家にまったくそっくりだという事実を、ときがたつにつれてますます明白に感じだしたこと自体が、ほんとうはいちばん驚くべきことだった。しばらくは、自分をわすれて建物を見つめつづけた。そうしていても、ほんとうに自分の眼がなにかを映しだしているとは、思えなかった。心のなかに同じ疑問がいくども浮かびあがった。

「これはどうしたことだ?」

「いったい、どういうことなんだ?」

しかし想像力の深みをいくらかきまわしても、疑問にこたえる解答は引きだせなかった。恐怖して、驚きに打たれるのだけが、自分の能力みたいだった。わたしを魅惑したその類似点に注目しながら、いつまでも視線をはなせなかった。しかし、つかれた体に鈍化した頭、さすがに思いあまって視線をそらしたわたしは、自分がまよいこんだ異界の、目あたらしい部分を観察しはじめた。

家の観察に精力をかたむけすぎていたから、周囲の情景はごくあっさりと見わたすだけになった。けれど見ているうちに、自分がいまどんな場所にいるか見当がつきはじめた。さっきたしか闘技場《アリーナ》ということばを使ったとおもうが、ここは直径およそ十二マイルほどにおよぶ完全に円形な平地だった。そして、これもすでに書いたことだが、もんだいの家はその中心部に建っていた。地表が、あの大平原とおなじように、霧でもないくせに奇妙にもやついた物質に覆われている。

あたりをひとわたり見まわしてから、視線を急に上へむけ、ぐるりを取りまく山脈の斜面を目で追った。なんという静けさだろう。これまで見たり想像したりしてきたどんなものよりもはげしく、この押しつぶすような静けさはわたしを攻めた。たかだかと伸びでる巨岩を、わたしは見つめた。上空にひろがった無限な紅《あか》さが、すべてにおぼろげな外観をあたえていた。

するとす奇妙なことに、あたらしい恐怖がおそってきた。原因は、右手に見える暗い山脈の上にあった。そこに巨人のような黒い影を見たのだ。見ているまえで、それはぐんぐんふくれていった。影には、巨大なロバの頭と大きな耳がついている。まるで闘技場をじっと見おろしているようだ。未知の永劫をつうじて、この呪わしい土地を見張りつづける――永遠の監視者というイメージを抱かせたのは、そいつがとっている姿勢のせいだった。怪物のかたちがすこしずつはっきりしてきた。と、わたしの眼が急に動いて、もっと遠く、もっと高い岩壁にむいた。しばらくのあいだ、わたしは震えながらひとみを見ひらいた。ふしぎなのは、そいつを見つめていると、なにか心のすみがうずくような、妙に見なれた印象を受けとることだった。そいつは黒かった。奇怪な腕が四本ある。表情は不明瞭だ。首のまわりに明かるい色をしたものがいくつかある。細部が見えはじめたとき、わたしはちり毛だった。頭蓋骨をかけているのだ。胴の下方にも、周囲より明かるい色をしたベルトがあった。そいつの正体を見きわめようと頭をなやましているあいだに、どうしたわけかとつぜんある記憶が心のなかにすべり落ちてきた。わたしがいままえにしているのは、ヒンズー教に伝わる死の女神カーリーの巨大な似すがたではないか。

それ以外にも、学生時代に獲得したいくつかの記憶が浮かびでた。そして視線が、もういちどロバそっくりの巨大な怪物にもどった。同時に、怪物が古代エジプトの大神セト、あの〈魂を破壊する者〉の似すがたでもあることに気づいた。そのとたん、疑問が渦のようにわきあがった――「あの二つの――!」そういいかけてから、わたしは口をつぐんで考えようとした。想像を超えたものが、戦慄にふるえるわたしの心をのぞきこんだ。考えがぼんやりとまとまりかけた。「あれは神話にあらわれる神々だ！」その事実がなにを意味しているのか理解しようとつとめた。わたしの視線が二つの貌《かお》をかわるがわる見つめた。「もしも——」

ひとつの考えがとつぜん湧いてでた。ふりむいて上を見あげ、左手のかなたにある暗い岩をさぐった。なにか灰色のかたちが、巨大な峰みねの下にわだかまっていた。見たこともないものだった。そういえば、この部分にはまだ一度も注意をむけなかった。まえよりもずっとあざやかに見える。たしかに灰色をしている。巨大な、とてつもなく巨大な頭部だ。貌の部分に表情らしいものはない。

それから、山脈のあいだにまったく別のものを見た。ずっと遠くだったけれど、高い尾根にもたれるようにしている不規則で無気味な鉛色のかたまりを発見した。かたまりの中央部から邪悪な眼をひからせている不潔で半獣的な貌を考えにいれないことにすると、定形をまるでもたない物体だった。それからまた、ほかのやつを見た——ぜんぶで数百もいた。まるで影のなかから生まれてくるようだった。そのうちのいくつかは、神話にでてくる神の貌だとわかったけれど、それ以外になると、これはもう人間の思考力ではとらえられない完全に異質なものばかりだった。

わたしは両がわを見た。さらに見た。山々は奇怪な物体にあふれていた——獣神がいた、恐怖すべき妖怪もいた、それ以上どうやっても描写の方法がない、専横で獣的なやつらばかりだった。恐怖と畏怖、そして反発に覆いつくされたわたしは、それでもまだ、たとえようもない驚きに酔いしれていた。これはけっきょく、古代の異端信仰になんらかの真実がふくまれていた証《あかし》なのだろうか？　人間やけだものや自然力を神格化した以上のものだったのだろうか？　その考えがわたしの心をとらえた——もしかしたら。

あとになって、疑問がまたひとつ湧いた。あの獣神とその仲間たちは、いったいなにものなのだろう？　かれらはさいしょ、登攀不能な峰や山脈をかこむ岩壁に理由もなく置かれた怪物の彫刻のように見えた。しかしもっと注意してながめたとき、わたしはあたらしい結論をいだきはじめた。ここに書きあらわすこともできないひそかな生命が、かれらのなかに脈打っているのだ。〈死のなかの生命〉といえるある種の状態——人間が考えるような意味でなら、とても生命とはいえないが、それでも非生物的な生命といいかえられる、死を超えた忘我状態《トランス》に近い状態——その状態でいれば永遠の生存が可能になる条件を、すこしずつ理解力をましていくわたしの意識に、語りかけるものが、なにかそこにはあった。〈不死〉！　そのひとことがとつぜん口をついて出た。そして即座に、これこそが神々の不滅性というものだろうかと、うたぐってみた。

熟考と疑惑のあいだに、変化が生じた。わたしはそれまで巨大な裂けめの出口にわだかまる影のなかにいた。そのとき思いもかけずうす闇から体が浮きあがり、ゆっくりと闘技場をよこぎりだした——あの家に近づきはじめた。わたしは頭上から視線をおとしている巨大な怪物のことに頭を悩ませるのをやめて、いま矢のように運ばれていく先にそそり立つ大建築物だけを、ふるえながら見つめた。けれど、どんなに真剣に眼をこらしても、あたらしい発見はなにひとつできなかった。そのうちに熱意もさめて、自分の体をなりゆきにまかせる気になった。

まもなく、建物と峡谷の中間地点を超えた。おそろしいほどの静寂と孤立感が、あたりを閉ざしていた。問題の大建築物には、着実に近づいていた。とつぜんなにかが視線をとらえた。そいつは、建物の巨大な胸壁からあらわれた。全身がはっきりと見える。ばかでかいやつだ。かっこうは奇妙だが、人間のように二本足で動きまわっている。全身まるはだかだから、螢光をおびた体かたちがきわだって見える。しかしわたしを最大の恐怖におとしいれたのは、なんといってもそいつの顔つきだった。そいつは、豚の顔をもっていた。

　しずかに、しかし注意をこめて、わたしはこの恐るべき怪物を見つめた。そいつの動きに興味をそそられるあまり、一瞬は恐怖すら忘れた。ひとつ、またひとつ窓のそばへやってくるたびに、足をとめてなかをのぞき、家のなかのものをまもっている鉄格子を揺すりながら、建物のまわりをぶかっこうにめぐっていく。そして戸口に着くたびに、錠をそっとつかみあげて体を押しつける。あきらかに、家のなかへ侵入する手がかりを探しているのだ。

　その巨大な建物へ、およそ四分の一マイルまで接近したが、わたしの体はあいかわらず前進をやめなかった。ふいに怪物がふりむき、無気味な表情でわたしのほうを見つめた。そいつが口をあけた。その恐るべき場所をつつんでいた静寂が、深く低い声によってはじめて破られた。その声は、わたしになおいっそうのおののきをもたらした。しかし、そのとたんわたしは、物音こそたてないがすさまじい速さで、そいつがこちらへ迫ろうとしているのに気づいた。一瞬のうちに、二人のあいだをへだてる距離が半分になった。けれどわたしの体は、どうあがいても前進をやめない。あと百ヤードで怪物と激突だった。怪物のばかでかい顔にうかんだけだものそのままの獰猛さが、わたしを恐怖の金しばりにおとしいれた。しかし恐怖のきわみにあってなお、悲鳴を発することぐらいはできたかもしれない。恐怖と絶望が最大限に達したとき、わたしは、急激に高度を増していく高みから闘技場《アリーナ》を見おろしている自分に気がついた。体が、上へ、上へとのぼっている。ほとんど感じとれぬほど短時間に、数百フィートも上空にのぼった。下方を見ると、ついさっきまで自分がいた地点に、けがらわしい豚の怪物がうごめいていた。そいつは四本足であるきまわっている。飼い豚のように鼻づらをヒクヒクとひきつらせながら、闘技場の表面を嗅ぎまわっている。一瞬がすぎたあと、そいつは立ちあがって、この世では見たこともないような欲望をあらわにして、空につかみかかってきた。

わたしは上昇をつづけた。数分もすぎたころだろうか、巨大な山脈を超えて——ただひとり、紅い大気のなかに浮かびあがった。とほうもなく下の方に、ぼんやりと闘技場《アリーナ》が見えた。あの大建築物も、緑色の点にすぎなくなっていた。豚の化けものは、もう見えない。

やがて山脈を通りすぎ、だだっぴろい大平原の上空に出た。はるかに遠い大平原の表層、金環をはめたような黒い太陽の方向に、わけのわからないもやがかかっていた。わたしはなんの気もなくそれを見つめた。その光景は、山脈が造った大円形劇場をはじめて見たときの印象を、もういちど思いださせた。

けれど疲労感はかくせなかった。とてつもなく大きい炎の環を、わたしは力なく見あげた。なんと奇怪な眺めだろう！　見つめていると、太陽の暗黒部から異様になまなましい炎が、ふいに燃えでた。暗黒部の規模と比較すれば無にひとしかったが、それでも炎じしんは測りしれない大きさを持っていた。ふいに眼ざめた好奇心にとらえられて、わたしは白熱に燃える太陽を注意ぶかく見つめた。そのあと、一瞬のうちにすべてが暗くなり、現実味をうしなって、いつか視界から消えた。わたしは大きな驚きに打たれながら、いま急速度に遠ざかっていく大平原を見おろした。あらためて驚きを感じた。大平原も——なにもかも、消えている。紅い霧の海だけが、はるか下方にひろがっていた。しかし海も、見つめるうちにすこしずつ遠ざかっていき、やがて測りしれない夜に抗して燃える暗くて神秘な紅色の点となって、とうとう消えた。紅い霧が消えたあとも、しばらくは実感のない色あせた薄光がわたしをつつんだ……

4　地球

その状態は、いつまでもつづいた。むかし、闇の時間をずっと生きのびてきたことの記憶だけが、わたしの理性をささえた。時間ということばよりも、年代といったほうがふさわしい時がながれた。やがて、ひとつ星が闇をやぶってあらわれた。この宇宙の外に群れる星団のうち、いちばんさいしょに見えた星だ。その星がまもなく後方に去ったあと、あたりは、無数といっていいくらいたくさんの輝かしい星々に満たされた。それからさらに何年かが過ぎさったように思えたころ、炎につつまれる太陽を見た。そのまわりに、遠くかすかな光の点がいくつか見えてきた――太陽系に属する惑星群だ。やがて地球に再会した。青い輝きにつつまれ、信じられないくらい遠くにあった。それがじきに大きくなり、細部もはっきりと見分けられるようになるのは、わけもなかった。

長い時のへだたりが押しよせてきて、やがて過ぎさった。そして、とうとう地球の影にはいりこんだ――うす暗く神聖な地球の夜に、あたまから突っこんだ。頭上には見なれた星座がひかっていた。欠けた月があった。地球の表面が近くなったとき、闇がわたしをつつみこんだ。黒い霧にしずんでいくような気持がした。

しばらくは、なにが起こったのかわからなかった。意識をうしなっていたのだ。けれど、遠くからひびいてくるかすかな鳴き声にようやく気づきはじめた。やがて意識がもどってきた。どうしようもない苦闘がわたしにとりついて離れなかった。息を継ごうとして狂人みたいにもがいた。叫ぼうともした。一瞬がすぎると、息はいくらか楽になった。なにかが手をなめまわしている。湿ったものがわたしの顔にふれた。ハアハアという吐息と、そのあとで鳴き声が聞こえた。いま、ひどくなつかしいものが耳もとに近づいてきているようだった。わたしは眼をひらいた。すべてが暗い。しかし重くるしい圧迫感はさいわいなことにもうなかった。気がついてみると、椅子にすわっていた。なにかが心配そうにクンクンと鳴き声をあげていた。それが、しきりにわたしをなめまわしている。ふしぎな混乱におちいりながら、そのなめまわす物体を本能的にとおざけようとした。頭のなかが、とにかく救いようもなく空虚だった。しばらくは行動も思索もできなかった。それからすべてのものがかえってきた。よわよわしい声で、「ペッパー」と呼んでみた。歓びにみちた鳴き声がかえってきた。さっき以上にはげしく体をくすぐられた。

しばらくするうちに、体力がだいぶもどった。マッチを取ろうとして手をのばしてみた。めくらめっぽうに、あたりをまさぐった。それから両手で火をつけて、ぼうぜんとしながら周囲を見まわした。どこを見ても、古い、みなれたものばかりだった。マッチの炎が指先を燃やし、熱さのあまり軸木をほうりだすまで、驚きとめまいにおそわれながら坐りつづけた。そのとき、わたしのくちびるからほとばしった苦痛と怒りの性急な表現が、自分自身を驚かした。

しばらくしてもう一本マッチをともし、部屋をよこぎっていって、ろうそくに火を移した。そのとき気がついたことだが、ろうそくは燃えつきたのではなく、ただ吹き消されていただけだった。

炎がポッと燃えあがったとき、わたしはふりむいて書斎をみまわした。どこにも異常はなかった。しかし、ふいにはげしいいらだちがわたしをおそった。いったい、なにが起こったのだ？　両手で頭をかかえて、必死に思いだそうとした。そうだ！　だだっぴろい沈黙の平原があった、金環そっくりのかたちをした紅《あか》い炎をはなつ太陽があった。あれは、どこだっただろう？　わたしがあの光景を見たのは、どこだっただろう？　そして、どのくらい昔に？　当惑とめまいを感じた。いちど二度と立ちあがり、落ちつかなげに部屋をあるきまわった。記憶がどうもはっきりしない。自分で目撃したものを思いだすにも、ひどく努力がいるしまつだった。

当惑のなかで、自分がひどく毒づいたことを憶えている。やがてとつぜん、目のまえが揺らぎ、気が遠くなった。体をささえるためにテーブルをつかむしまつだった。そのまましばらく、テーブルによわよわしく手を置きつづけた。それからあぶない足取りで椅子のなかにもたれこんだ。椅子にすわっていると、気分がいくらかよくなった。いつもブランデーとビスケットをしまっておく戸だなまで歩いていくだけの力が、やっともどってきた。気付けにブランデーをそそぎ、いっきに飲みほしてから、そばにしまってあるビスケットをひとつかみ取りだして椅子にもどり、ガツガツとむさぼりはじめた。われながら、この貪欲ぶりにはおどろいた。もうひどく長いこと、食べるべきものを食べていないといった感じだった。

食事のあいだ、部屋のなかをすみずみまでしらべた。ほとんど無意識に、わたしの周囲をつつむ不可知な神秘のあいだから、手で触れられる実体をもったものを探しだそうとした。「まちがいない」と、わたしはひとりごとをいった。「なにかがいる——」そしてその瞬間、正面の角にかかっている時計の文字盤に視線がとまった。うごかしていた口をとめ、ひとみを凝らした。カチカチというかすかな響きは、その時計がまちがいなく正確にときを刻みつづけてきている証拠なのに、針が指しているのは深夜すこしまえだった。つい今しがたまで物語ってきた奇怪なできごとを、いちばんさいしょに体験したのは、その時間よりもかなりあとだったというのに。

およそ一分ほど、わたしは眼をまるくしていた。さいごに時計を見てから、まるっきり時間がたっていないみたいなのだ。内部のメカニズムがちゃんと作動しているのに、針だけがさっきから同じ場所ばかり指していると、結論せざるをえないようななりゆきだった。しかしそう考えたって、針がなぜ後退しているのかをあきらかにする説明にはならない。頭のなかでいろいろな考えをぶちまけたとき、ふいにある考えがうかんだ。だいいちに二十二日の朝が近づいていること、そしてそれに先行する最後の二十四時間の大部分に、目に見える世界をちっとも意識しなかったこと、そのふたつだった。その考えが、まるまる一分間というものわたしの頭を占領した。それから、また口をもぐもぐとやりはじめた。まだ空腹感がなくなったわけではなかったからだ。

つぎの朝、食事の席で妹に、なんの気もなしに日付をきいたが、そのおかげで自分の推測がただしかったのを確認できた。つまり——物理的とはいえないまでも、すくなくとも精神的に——わたしはまる一昼夜この世から消えていたのだ。

妹はべつになにもききかえさなかった。一日ぐらい書斎にとじこもることなど、めずらしくはなかったからだ。読書や仕事に熱がはいれば、二日も出てこないことだってある。

そんな状態で数日がすぎた。けれど当惑はまだなくならなかった。あの記憶すべき夜に目撃した、すべてのことにたいする意味を、知ろうと思いつづけた。しかし、そうした好奇心を満足させるすべがあるはずのないことを、よく了解はしていた。

5　〈窖《ピット》〉のなかのもの

まえに書いておいたとおり、この家は広大な領地にかこまれている。荒れるのにまかせた廃園が、いくつもある。

三百ヤードほどはなれたうしろかたには、暗くてふかい谷間があって、ふつう農夫から〈窖《ピット》〉と呼ばれている。谷底にはゆるゆるとしたせせらぎが流れているけれど、あたりを覆う樹々のために、上からではほとんどなにも見えない。

ついでだから話しておくのだが、このせせらぎは地下にみなもとを発していて、谷の東はずれから急にあらわれ、西がわの極限でまた急に消えてしまう。

前の章で語ったあの大平原の体験を、もしも幻覚といっていいのならば、その幻覚を見てから数カ月たったころ、わたしはその〈窖《ピット》〉にひどく興味をおぼえだした。

ある日、谷の南はじにそってあるいていたときだった。足もとのすぐ下にあった岩が崖の表層からくずれて、樹々のあいだへ落ちていった。飛沫の音が、谷底から聞こえた。それから静けさがもどった。もしもそのとき、ペッパーが狂ったように吠えださなかったら、わたしはおそらくこのできごとを偶然としてかたづけてしまったにちがいない。しかし、いくらしずめようとしても、犬は鳴きやまないのだ。それは、まったくペッパーらしくない行動だった。〈窖《ピット》〉にだれかが、あるいはなにかがいるのかもしれない。そう思って、わたしは棒をとりに大急ぎで家にもどった。棒をとってかえってくると、ベッパーはもう吠えるのをやめ、低いうなり声をもらしながら、いらだたしそうに崖の上に鼻づらを押しつけていた。

口笛をふいて、あとについてくるよう命令してから、わたしは用心ぶかく谷間をくだった。〈窖《ピット》〉の底までは、およそ百五十フィートあるにちがいない。安全に底へ着こうと思ったら、注意ばかりでなく時間も必要だった。

いちど下へおりてしまうと、わたしとペッパーは川づつみにそって調査を開始した。頭上をおう樹々のために、かなり暗い。あたりに眼をくばりながら、棒をしっかり握ってわたしたち二人はすこしずつ前進した。

ペッパーがやっと落ちつきをとりもどした。さっきから、わたしのそばから離れようとしない。そんな調子で川の片がわを探っていったけれど、べつに怪しいものは見かけなかった。そこで、川をとびこして反対がわの堤へうつり、下生えのあいだをさらにしらべあげることにした。

ちょうど途《みち》のなかばにさしかかったころだったろうか、片がわから落石の音が再度ひびいてきた。さっきわたしたちがおりてきた方向と、おなじところからだ。大岩がひとつ、すさまじい響きをあげて樹の先端をかすめ、むこう岸に激突し、水しぶきとともに水中へ沈んだ。おかげでズブ濡れになった。このときペッパーがもういちど低いうなりを発した。だがすぐに声をとめ、耳をピンと立てた。わたしも耳をすました。

間をおかず、人間と豚の声をまぜたような鳴き声が、樹々のあいだから騒々しくひびき出た。南がわの岸の、ちょうどなかほどから出た音にまちがいない。〈窖《ピット》〉の底で、それに応じる同じような鳴き声がひびいた。ペッパーは、短いけれどするどい声で吠えるがはやいか、小川をひと跳びで越えて下生えのなかに消えていった。

けれどすぐに犬の吠え声が威嚇の度をまし、吠える回数もふえた。そのあいだに、わけのわからない〈声〉がまじった。そしてその〈声〉が消え、静寂がかえってきたとき、半人半獣の音色をふくんだ苦悶のうめきが湧きあがった。ほとんど同時に、ペッパーも、長く尾をひくような苦痛の吠え声を発した。灌木がはげしく揺れた。やがて、犬が駆けでてきた。尾をさげ、肩ごしにうしろをふりかえりながら。わたしのところにもどってくると、大きな爪で引きさかれたらしいわき肢の裂傷から、血をにじませているのがわかった。もうすこしで肋骨が露出するほどの深傷だった。

傷ついたペッパーを見て、はげしい怒りがこみあげてきた。わたしは棒をふりまわして、さっきペッパーが飛びだした下生えのなかにおどりこんだ。そうやって下生えを踏みあらすうちに、息づきの音を聞いたようにおもった。つぎの瞬間、ちいさな空き地にとびこんでむかいがわのやぶにかくれこもうとする、白っぽい鉛色の物体を、わずかにかいま見た。わたしは大声をあげて、そっちへ走った。棒で下生えを叩きまわってみたけれど、それ以上はなにも聞こえず、また見えもしなかった。しかたなくペッパーをふりかえり、犬の傷ぐちを川で洗って、水に濡らしたハンカチをまいてやった。それから谷をのぼり、ふたたび陽光の下にでた。

家にたどりついたとたん、ペッパーはどうかしたの、と妹に問いつめられた。さしさわりのないよう、山猫にむかっていったのさ、と返事しておいた。このあたりには山猫が棲息していることを、村人から聞かされていたからだった。しかしその噂がほんとうかどうか、たしかめたことはない。もっとも、やぶに逃げこんでいくところを目撃したあの生きものは、まちがいなく山猫ではなかった。それよりもっと大きかったし、わたしの眼に誤りがなければ、豚そっくりの膚をしていた。ちがうのは、色彩が生気のない不健康な白色をしていることだけだ。それからもうひとつ、ちがいがあった——後脚二本で、あるいはそれに近いかっこうで走るその動作が、どこか人間に似ていたのだ。目撃した時間はわずかだったけれど、そいつにたいする好奇心とは別に、気分がひどく悪くなったことを告白しておこう。

以上のできごとが起こったのは、その日の朝がただった。

夕食がおわって、いつものように読書をしていたとき、わたしはとつぜん視線をあげた。窓敷居の上から室内をのぞいているなにものかの、眼と耳が見えた。

「あの豚だ!」そうさけんで、わたしは立ちあがった。立ちあがったために、そいつをもうすこしくわしく観察できた。そいつは豚ともちがっていた——正体不明の生きものなのだ。あの大闘技場《アリーナ》でうごめいていた怪物を、ぼんやりと思いだした。人間のそれを下手にまねた口とあごを持っている。ただしおとがいがまるでない。鼻が獣のようにのびている。小さな眼と奇妙な耳を組みあわせたそのすがたが、豚そっくりの異様な表情をつくりあげているのだ。ひたいはせまく、顔ぜんたいが不健康な白色を呈している。

たかまる嫌悪といくばくかの恐怖をいだいて、しばらくそいつを見つめつづけた。口をもぐもぐとうごかし、いちどだけ、半分豚みたいなうめき声を発した。なかでもとりわけはげしく興味をかきたてられたのは、そいつの眼だった。そいつの眼は、恐るべき人知を宿した輝きを、ときどき燃えあがらせるのだ。やがて相手は、こちらの視線に邪魔されたらしく、わたしの顔から眼をはなし、部屋の細部を見つめはじめた。

鉤爪を生やした二本の手で窓敷居にぶらさがっているらしい。その爪は、顔色とちがって土気色をしている。四本の指と一本の拇指《おやゆび》があって、どことなく人間の手に似ている。ただしアヒルがもっているような水かきが、第一関節までを覆っている。もちろん爪はあるけれど、長くて力づよく、人間のよりもむしろワシの爪にいちばん近い。

前にいったとおり、わたしは恐怖を感じた。それもたんに個人的な恐怖ではない。なにかひどく非人間的でけがらわしい――ちょうど、これまで想像もされなかった未知の存在態に属する不浄なものと接触したとき感じるような――嫌悪と吐き気の感覚だった。

そのとき怪物のいろいろな特徴を把揮できたとは思えない。けれど、まるでそいつのすがたが脳に焼きついてしまったように、あとからあざやかによみがえってくるのは不思議だった。そいつを目撃したとき、わたしはきっと、見たのではなく想像したのだ。だから細部にわたる肉体上の特徴が、あとからひとつずつ、湧きでるようにはっきりしてきたのだろう。

とにかく、しばらくのあいだ怪物を見つめた。そうするうちに、神経がいくらかしっかりしてきた。わたしをとらえていたおぼろげな警戒心をふるい落とし、窓敷居へ一歩近づいた。そうしたとたん、怪物は首をひっこめ、窓から消えた。とっさに扉ぐちへ走っていって、あわただしく外を見まわした。見えたのは、枝のからまりあうやぶや茂みばかりだった。

それから走って家にもどり、銃をとって廃園じゅうを探しまわった。探索のあいだ、さっきのやつが今朝見た生きものである可能性はないかと自問した。考えてみると、たしかにそんな感じが強かった。

ペッパーを引っぱってくればよかったと思ったが、犬の傷を考えると、そうしないほうがやはり良さそうだった。おまけに、いましがた見た生きものが、もしも想像どおり今朝とおんなじやつだったら、ペッパーを連れていってもたいした役には立ちっこない。

計画をたてて調査にとりかかった。できればそいつを捕えて、生命をうばってしまうつもりだった。あれは、すくなくとも生きている〈恐怖〉だ！

まず注意ぶかく探索を開始した。ペッパーの傷のことが、心にひっかかっていた。しかし時間がいくらたっても、広大でさみしい廃園には足跡ひとつみつからない。そのためにだんだん警戒心を解いていった。そのうちには、なんとかあの怪物に会いたいものだとさえ思うようになった。なにが出たって、この静けさよりはましだ。やぶを通るたびに、そこにあいつが潜んでいるのではないかと不安がるのは、もういやだった。そうこうするうちに危険にもなれてしまい、わたしは茂みのまったただなかにはいりこんで銃筒をあちこちに突きいれた。

ときおり大声を出してみた。こたえてくるのは、谺《こだま》だけ。しかたがないから、相手をおどかして隠れ場所からとびださせようと考えた。しかし出てきたのは、いったいなにごとが起こったのかしらと飛んできた妹のメアリだけだった。わたしは、ペッパーに大傷をおわせた山猫をみかけたから、やぶの外へ狩りだしてやる最中だと答えておいた。けれど彼女は半分も納得しないふうだった。疑惑の表情をありありと浮かべて、家へもどっていった。彼女になにかさとられたかなと思いはしたが、それから日が暮れるまであせりながら捜索をつづけた。あの半人半獣を庭にうろつかせたままでは、とても寝につけないと思ったからだ。しかし夕暮れが来てしまえば、なにもかも終わりだ。捜索をあきらめて家路につきかけたとき、右手のやぶでわけのわからない短い騒音を、ふと耳にした。とっさにふりむいて、それらしい場所に銃を撃ちこんだ。なにかが下生えをかき分けて逃げる物音を聞いた。動きは速かった。あっという間に聞こえなくなった。わたしは二、三歩動いただけで、すぐに追跡をあきらめた。急速に暗くなっていくこの時間では、追っても意味がなさそうだった。わたしはなんだか妙な気落ちを感じながら、家の戸口をくぐった。

その夜、妹が寝てしまってから、一階にある全部の窓と戸口を巡回した。どれもきちんと締まっているかどうか、いちいちたしかめた。ただしこの防備は、窓にかんするかぎりたいした意味がなかった。階下にある窓には、ぜんぶ太い格子を設けてあるからだった。けれど階下にある五つの戸口だけは、ひとつでも締めわすれたら大ごとになるので、適切な警戒といえた。

それをたしかめたあと、書斎へむかった。今夜にかぎって、書斎のたたずまいがわたしを驚かせた。変にだだっぴろいし、もの音がリンリンと反響する。読書に専心しようとしたが、どうしてもだめだった。しかたがないから本をもって、火をたいてある台所へ降りていき、そこで椅子にすわった。

二時間ぐらい本を読みふけっていただろうか、とつぜん物音がした。わたしは本をおいて耳を澄ました。裏戸をカリカリとこするような音。いちど扉が大きな軋み音を発した。なにかが戸を押しているようだった。そのあいだ、わたしは、まるでいつわりのような、ことばに表わすこともできない恐怖を感じた。両手がふるえた。冷や汗が吹きだした。それから、体がはげしくふるえはじめた。

しばらくすると、だんだん恐怖がうすらいでいった。それとともに、外の怪音も消えた。それから一時間ほど、わたしは坐ってじっと状況を見まもった。とつじょ恐怖がわたしに二度めの攻撃をかけてきた。蛇にみこまれた獣の心境だった。しかし、いくら耳を澄ましてもなにひとつ聞こえない。なにか説明のつかない力が作用をおよぼしていることに、疑問はないのだが、とにかく聞こえない。

ほとんど感じとれないほどすこしずつ、なにかが耳にしのびこんできた——かすかなささやき声だと、ずっとあとで正体が知れた物音だった。音はすぐに大きくなり、遠く口ごもるような、それでいて無気味さを感じさせずにはおかない野獣の合唱に変わった。まるで地下の中心から湧きあがるように。

ドサリという響きを聞いた。もう半分しか意識のない愚鈍なあたまが、本を落としたためと、理由を了解した。わたしは、ドッカリ椅子にすわりこんだ。大きな台所にある、枠つきの高窓から忍びこんできた陽光が、朝を告げたとき、わたしはあいかわらず椅子のなかにいた。

明けていく光のなかで、めまいと恐怖の感覚が消えていった。さっきよりも冷静さをとりもどした。

わたしは本をひろいあげ、戸口に忍んでいって聞き耳をたてた。凍るような静寂を破るものはない。数分間、そうやって耳を澄ました。そのあとで細心の注意をこめ、すこしずつ閂《かんぬき》をはずしにかかった。そっと扉をあけ、外をうかがった。

けれど、用心はむだにおわった。枝をからませあった寂しい樹身と下生えが、遠い大農園までえんえんと連らなる、この灰色の眺望をのぞいては、なにも見えなかった。

おののきを感じたわたしは扉を閉じ、しずかにベッドへむかった。

6　獣人

一週間後の、ある夕暮れどき。妹は庭に椅子を出して、編みものにはげんでいた。いっぽうわたしは本をもって書斎を歩きまわっていた。壁に銃をかけるようになった。あの怪物が廃園にすがたを現わしたためだ。とにかく、用心するにこしたことはない。しかし一週間すぎても、べつだん怪しいものを見たり聞いたりする目にはあわなかった。おかげで、過去のできごとをじっくりふりかえるひまができた。けれど減じることを知らない驚きと好奇の感覚だけは、あいかわらず残った。

いま書いたとおり、わたしは本に熱中しながら書斎のなかを歩きまわっていた。とつぜん〈窖《ピット》〉のほうから耳ざわりな衝撃音が湧きあがった。あわてて踵《きびす》をめぐらしたわたしは、夕暮れの空に、途方もない塵埃《じんあい》の柱が立っているのを見た。

妹も、驚きと恐怖のいりまじった悲鳴をあげて椅子からはねおきた。

そこを動くんじゃないと、まず彼女に声をかけてから、わたしは銃をつかんで〈窖《ピット》〉へ直行した。近づくにつれて、鈍い捻りに似た音が聞こえてきた。その音が急激にたかまって、さっきより深みのある衝撃的な音響をひびかせた。見上げると、〈窖《ピット》〉から新しい埃《ほこり》の柱がたちのぼっている。

湧きあがった砂塵の量はものすごかったが、物音はそれ以後しなくなった。

崖っぷちに着いて、下をのぞいた。あちこちに砂塵の雲がうずをまいているほかは、なにひとつ見えない。大気中に小さな埃くずがあふれでいて、わたしの眼と咽喉をふさいだ。最後には、息を継ぐために、とうとう砂塵の外へ逃げださなければならなくなった。

宙に浮きたった物質がようやく沈みはじめ、〈窖《ピット》〉の入口より下を満たすようになった。

そこで起きたできごとについては、推測する以外に理解のしようがなかった。

とにかくある種の地すべりが起こったことは、確実だった。だが原因はまったくつかめない。それにもかかわらず、半分空想じみた推測が脳裡をよぎった。もうすでに、あの落石のことや、〈窖《ピット》〉の獣人のことが頭にうかんでいた。しかしはじめは頭がひどく混乱していたから、その地すべりが意味するいちばん自然な結末を思いつく余裕までは持ちあわせなかった。

塵埃がすこしずつ沈んでいき、まもなく崖のふちへ近づけるようになった。わたしはさっそく下を見おろしてみた。

もやのなかを見透かそうとしたけれど、しばらくはなにも見分けられない。はじめのうちはそんな調子だったが、そのうちに左手の下方でうごめいているものに気づいた。わたしは熱心にそっちの方向を見つめた。すると、また別のものが見えてきた。それからもうひとつ別のものが――〈窖《ピット》〉から這いあがろうとしているらしい影が、三つも見えた。けれど一つの影は、ただぼんやり見えたにすぎない。瞳をこらし、興奮にふるえていると、わたしの右がわで落石の響きが、またあがった。すぐに視線をめぐらしたが、遅すぎてなにも見えない。まえかがみになって、足もとにひろがっている〈窖《ピット》〉をくわしくうかがった。白くて醜怪な豚の顔が、わたしの足もとから二ヤードほど下のところにまちがいなくあった。相手もわたしを見つめ、ふいに異様な鳴き声を発した。それにこたえて、〈窖《ピット》〉じゅうから同じ鳴き声がひびきでた。その瞬間、恐怖と戦慄がわたしを餌食にした。腰をふかくかがめて、そいつに銃を撃ちこんだ。生きものは、土や石の落ちる音を残して、あっという間にすがたを消した。

つかのまの沈黙がおとずれた。おそらく、その沈黙のおかげで、わたしの生命は助かったのだ。沈黙のなかで、あわただしい足音をいくつも聞いた。いそいでふりかえると、駆け足でわたしに迫ってくる化けものの一団が見えた。反射的に銃をあげ、先頭の一匹に弾丸をぶちこんだ。そいつはすさまじい吠え声を発して、前方へつんのめった。わたしは逃走を開始した。〈窖《ピット》〉から家までの道のりを半分以上駆け通したとき、妹を見つけた――彼女は、わたしに駆けよろうとしていた。闇が落ちているために、彼女の顔がはっきり見えない。しかし、銃を発射した理由を大声でたずねかける声には、あきらかに恐怖があった。

「走れ!」とわたしは返事がわりに叫んだ。「死ぬ気で走れ!」

彼女はそれ以上なにもきかず、方向を一転させると、両手でスカートをたくしあげて駆けだした。彼女のあとにしたがいながら、わたしは、ときおり四脚にはなるものの――ほとんど後脚だけで駆けてくる化けものたちをふりかえった。

だからおそらく、メアリを疾駆にうつらせたのは、わたしの声にあった恐怖のためにちがいない。あの地獄の生きものが追いすがってくるすがたを、彼女が目撃したとはどうしても考えられなかった。逃走の先頭に、彼女がたった。

一秒きざみに背後の足音が近づいてくる――化けものたちは急速に距離をちぢめてくる。幸運なことに、わたしは筋肉をうごかす生活にいくらかなれしたしんでいた。ところがその甲斐もなく、いつのまにか逃走の緊張が重くわたしにのしかかりはじめた。

前方に裏戸が見えた――しかも、あいている。ちょうどメアリから五、六ヤード遅れて走るわたしの咽喉もとで、吐息があえぎに変わった。そのとき、なにかが背中に触れた。すぐにうしろをふりむいたとたん、蒼白い怪物の顔がすぐそばに突きでた。先頭を切って迫ってきた怪物の一匹が、あと一歩のところまで追いすがっているのだ。ふりかえったその瞬間、そいつは襲いかかった。わたしはとっさに体をひねり、銃筒をふるって不潔な怪物に一撃みまった。そいつは、まるで人間みたいなあえぎを発して、はげしく転倒した。

けれど、このわずかな遅れがほかの怪物どもをいっぺんに接近させる結果をまねいた。もう一秒の余裕もない。わたしは目標にむきなおると、戸口にむかって必死に駆けた。

扉にたどりついた瞬間、わたしはそこをくぐりぬけ、一気に踵《きびす》をめぐらして戸をしめた。やつらの先陣が戸口になだれこもうとする直前に戸がしまり、腰板にすさまじい衝撃がくわわった。

妹は、息をはずませながら椅子にすわっていた。もう失神に近い状態だ。しかし彼女にかまっている暇はなかった。ぜんぶのドアが締まっているかどうか、まずそれをたしかめなければならなかった。ところがうまい具合に、ドアはぜんぶ締まっていた。さいごに、書斎から庭に通ずるドアへ行ってみた。外で物音を聞いたのは、そのドアがまちがいなく締まっていることを確認した、ちょうどそのときだった。わたしはまったく無言で立ちどまると、一心に耳を澄ました。そうだ！　いまささやき声がはっきりと聞こえる。キイキイとひっかくような物音を発して、なにかが腰板のうえをかすっていった。獣どもが、内部へ侵入するとっかかりを探そうとしてドアを引っかきまわしているのだ。

　怪物たちがすぐにとびらを見つけたことは、やつらが知性を有する生物であることの証拠だった。やつらをたんなる獣と考えてはいけないことが、すぐに確信に変わった。窓辺であの一匹をはじめて目撃した夜も、そういえば同じような感覚をいだいたものだ。そのときわたしは、その一匹がふつうの禽獣とあきらかにちがっていることをほとんど本能的に感じたものだから、そいつに超人という名前をあてた。けれど、人間を超えたものという名を、けっして良い意味で使っているのではない。人間性のなかにある偉大で善なるものと比較して、不潔で敵対的な要素をもつ存在、という意味でだ。ひと口でいえば、知性をもっているが人間ではない、ある種の生きものということになる。そいつのすがたを思いうかべるだけで、わたしは嫌悪感にさいなまれた。

　ようやく妹のことを考える余裕が生まれた。脇戸棚をあけてブランデーをひとびん取りだし、ついでにワイングラスをあわせ持って、ろうそくの明かりをたよりにキッチンへ降りていった。妹は気絶して椅子からすべり落ちていた。顔を下にして、床に身をなげだしていた。

　わたしはうんとやさしく彼女を抱きあげ、すこし顔を起こしてやった。それから、くちびるのあいだにブランデーをすこし流しこんでみると、そのうちに彼女がほんのちょっと震えた。さらにしばらくたつと、あえぎを発するようになり、眼をあけた。彼女は夢でも見るように、半信半疑のまなざしでわたしのほうを見つめた。けれどすぐに眼をゆっくり閉じてしまうので、もう一回ブランデーを飲ませてやった。そうすると、およそ一分ほどはジッと横になって、あらい息づかいを示した。やがて、彼女は急にもう一度眼をさました。正気づくのと同時に恐怖がかえってきたらしく、ひとみをけわしくさせた。それから、とつぜんわたしをたじろがせるような行動に出た。なにを思ったのか、上半身を起こしたのだ。彼女がめまいを感じているのに気づいたわたしは、すぐに手を貸した。すると、だしぬけに大きな悲鳴を発し、立ちあがろうとしてもがいたあと、部屋から逃げ出そうとした。

一瞬わたしは膝をつき、ブランデーのびんを取ったまま動かなくなった。まったく不可解で、驚くべき経験だった。

わたしを見て、妹はおびえたのだろうか？　そんなバカな！　なぜ肉親におびえる必要があるのだ！　彼女の神経がひどくたかぶって変になったとしか、結論の下しようがない。一時的に心の支えを失ったのにちがいない。ドアのしまる音が、階上で聞こえた。自分の部屋に逃げこんだのだ。わたしはブランデーびんをテーブルに置いた。裏戸のほうでひびく物音に心をひかれたので、そちらへ出むいて耳をそばだてた。何匹かの怪物どもがこっそりと扉をこわしにかかっていたとみえて、裏戸はだいぶ傷んでいた。けれどそれはひどく頑丈にできているし、蝶番《ちょうつがい》も丈夫だから、そう簡単にはこわされそうにない。

庭で、長々とした音がひびいていた。行きずりの耳にならら、豚小屋の雑音に聞こえただろう。しかし、わたしはそこに立って、そいつら豚の化けものたちの声が理性と意味をそなえていることとを知った。どうかすると、そのなかに人間の言語に似たものまで嗅ぎ出せるようになった。一音一音の発声がひどく大儀なようで、大部分不明瞭なゴロゴロとした耳ざわりな音だったが、それにもかかわらず、一連の物音はたんに雑音の連らなりではないという確信がつよまっていった。これはきっと、かれらの考えを交換する性急な会話なのだ。

いつのまにか通路に闇が落ちた。夜になると古い家にいつも満ちる泣き声やうめきが、いろいろと聞こえてきた。それだけ周囲が静けさを増している証拠だった。さっきよりも楽に耳を澄ませられた。そこから、夜になると急に気温がさがったことが家の造りに影響して、夜のあいだ木材をちぢませるから、そうしたわけのわからない物音ができるのだという考え方に、真実が含まれているのかもしれない。どちらにしてもありそうなことだ。それにしても、今夜のはどうもおかしかった。その耳ざわりな物音から解放されたら、どんなにありがたかったろう！わたしには、その物音が、まるで暗い回廊を歩きまわるあいつらのうちの一匹が発する物音や軋みに聞こえてならなかった。もっとも扉はぜんぶ大丈夫なのだから、そんなことが現実に起きる気づかいはなかった。

とはいえ、物音はすこしずつ音量を増していって、わたしの神経をむしばむようになった。不安がこうじたわたしは、もういちど一階をひとめぐりする気になったが、もしもそこになにかがいれば、そいつとでくわす羽目になるのではないかと思うと二の足を踏んだ。そこでわたしは書斎へむかった。半分けだもので半分別な生きものである、あのまったく不潔な生きものに家を取りかこまれたいま、眠るなどということはすでに問題外なのだ。

台所のランプを掛け金からはずして、地下室という地下室、部屋という部屋をしらべあるいた。食糧置場から石炭穴を通り——通路にそって百一もある小さな袋小路にはいりこみ、この古い建物の一階をつくりあげているいくつもの壁龕《へきがん》を見まわった。すくなくともなにかが潜みこめるような場所は、あらいざらいしらべあげたあと、こんどは階段へむかった。

一段めに足をかけながら、ひとつ息を継いだ。階段の左がわにある貯蔵室から、なにものかの気配が伝わってくるようだった。そこはいちばん最初にしらべた場所のひとつだったが、自分の耳を信じないわけにはいかなかった。神経がひどく張りつめていた。そこでほとんど躊躇もせず、頭上にランプをかかげて扉まで近づいた。一瞥したところ、部屋のなかはガランとしていた。煉瓦製の柱に支えられた重い平石をのぞいたら、なにひとつ見あたらない。きっとなにかのまちがいだったのだと思いなおして、わたしは部屋を出ようとした。ふりかえったそのとき、手にしたランプが窓の外にあった二つの輝かしい点を照らしだした。わたしはしばらくその場に釘づけになって、じっと眼を凝らした。すると二つの点が動いた——ゆっくりと回転し、緑と赤の光輝をかわるがわる射しだした。すくなくとも、わたしにはそう見えたのだ。二つの点が眼であることに気づいたのは、そのときだった。

怪物のうちの一匹がもつおぼろな輪郭が、すこしずつたどれるようになった。その輪郭は、窓枠にしがみついて、こっちへのぼってこようとする姿勢を連想させた。もうすこし窓辺へ寄って、光をさらに高くかかげてみた。化けものを恐れる必要はなかった。窓枠が頑丈だから、破られる危険はまずない。けれど、化けものがこちらに危害を加えてこられないことは充分承知しているくせに、とつぜん恐怖感がぶりかえしてくるのを感じずにはいられなかった。一週間まえのあの夜感じた恐怖だった。絶望的で、骨の髄から揺らぐような、あのときの戦慄と同じだった。化けものの眼が威嚇をこめてジッとこちらのひとみをのぞきこんでいるのを、ぼんやりと知った。逃げようとしたけれど、体が動かなかった。自分が、霧を通して窓を見つめているように思えた。それから別の眼が加わり、さらに別の眼が加わって、こちらをにらみだしたように感じた。しまいには、邪悪で鋭い、丸い瞳が、銀河のようにならんで、八方からわたしをにらみつけるほどになった。

頭がグラグラしはじめ、動悸がはげしくなった。そのとき左手にはげしい痛みを感じた。痛みがはげしさを増して、強引に——ほんとうに強引に——痛む部分にわたしの注意をむけさせた。必死のおもいで下を見つめた。そのとたん呪縛が解けた。それから理由をようやく了解した。恐怖の瞬間、わたしは無意識に熱い火屋《ほや》をつかんでいたのだ。手がひどく焼けただれていた。もういちど窓のほうを見あげると、おぼろな輪郭はもう消え去っていた。そのかわり、十を超える獣の顔が窓辺に寄りあつまっていた。ふいに湧きあがった怒りにおされて、わたしはランプをかかげ、それを窓めがけて投げつけた。ランプが窓にあたってガラスをくだき、燃える灯油をまきちらしながら二本の窓枠のあいだを抜け、暗い廃園へ飛んでいった。苦悶の叫びがいくつか聞こえた。眼が闇になれたとき、化けものたちがもう窓から逃げ去っていることを知った。

気をとりなおして、手さぐりながら扉をきがした。扉をみつけて、一段ずつ蹴つまずきながら階上にむかった。まるで頭に一撃喰らったように、眼がぐらぐらした。わるいことに手までがひどく痛んだ。化けものどもにたいする重くるしくいらだたしい怒りが胸をみたした。

書斎にたどりついて、やっとろうそくに火をともした。ろうそくが燃えあがって、そばの壁にかかっていた銃架を鈍く照らしだした。一目見て、そこに武器を置いていたことを思いだした。普通のけだものと同じく、化けものにとっても銃が致命的な武器になりうることは、前の経験でわかっていたから、わたしは武器を持ちだそうと決心した。

まずさいしょに、痛む手に包帯を巻いた。どうにも我慢ならないほど痛くなってきたためだった。どうやら痛みもおさまったところで、部屋をよこぎり、銃架に近づいた。そこで重たい銃を一挺えらんだ――古いけれど、よく使いなれたやつだ。弾丸をこめてから、建物のいただきを形成する小さな尖塔のひとつへ上がっていった。

そこから外を見たが、なにも見えなかった。廃園はうすぐらい影のようだった――樹々があるところは、多少影が色濃いように見えた。それだけだ。闇のなかにめくら撃ちをかけたって意味はない。とすれば、やるべきことはたったひとつ、月の出を待つことだった。月さえ出れば、なにか行動を起こせるかもしれない。

そのあいだ、わたしはじっと坐って、耳をかたむけていた。庭は比較的静かだった。ときおりうめき声や、キイキイという鳴き声が聞こえるだけだった。そんな状態につづいて、およそ十五分間、庭の住人のあいだにざわめきがおこった。けれどそれも消えいり、あとはまったくの静寂にかえった。

三十分ほどすぎたころ、遠い地平線から月が光を投げかけた。坐っている場所からでも、こずえ越しに月明かりが見えた。しかし、下の廃園に物のかたちらしいものを見つけたのは、その光がこずえの上へ出きってしまったあとだった。もっとも、そのときでさえ化けものたちのすがたを一匹でもとらえたわけではない。たまたま首を外に突き出したとたん、やつらのうち何人かが壁ぎわにピッタリと腹を押しつけ張りつくようにしているのを目撃するまで、なにも知らなかったくらいなのだ。いったいやつらがなにをしているのか、想像さえつかなかった。しかしこんな願ってもない機会を、みすみすつぶす手はない。わたしは真上からそいつらを狙い撃ちにしてやった。かんだかい悲鳴がひとつ響いた。硝煙がうすれると、一匹があおむけになって弱々しくもがいているのが見えた。そいつはすぐにおとなしくなった。ほかの連中は、はやばやとすがたを消した。

あとを追うようにして、突如かんだかい鳴き声が〈窖《ピット》〉のほうから聞こえてきた。廃園のあちこちで、何百とない声がそれにこたえた。その声から、敵の数が類推できた。一連のできごとが、想像していた以上に危険なものになろうとしているのを、どうやら理解しはじめた。

眼をかがやかせ、口をつぐんで坐っていると、ある疑問が湧いた——こんな怪事が、いったいなぜおこるんだろう？　あの化けものたちは何ものなんだ？　この一連のできごとは、なにを意味しているというんだ？　そう自問しながら、わたしの思考は、沈黙の平原で見たあの幻覚へと戻っていった（しかし、わたしは今でもあの体験が幻覚だったとは思えないでいる）。あの体験はなにを意味していたのだろうか？　そして、あの闘技場にいた化けものは？　ああ！　最後になって、わたしは遠い土地で見た建物のことを思い返した。建物の外観にかんするかぎり、この家とは細部までそっくりな、あの建造物は、きっとこの家をモデルにして建てられたにちがいない。それとも、この家があっちをまねたのだろうか？　そういえば、今まで逆に考えたことはなかった——

このとき、〈窖《ピット》〉から長々と尾をひく鳴き声があがり、一秒後にはそれよりもずっと短い声が二度ひびき出た。それにこたえる声が、あっという間に廃園じゅうを満たした。わたしはすばやく立ちあがり、胸壁から身をのりだした。月光のなかで、灌木が生きているように見えた。枝々は、気まぐれに吹きよせる強風にあおられるように、右に左に大きく揺らいでいた。そのあいだにも耳ざわりな雑音や、ひきずるような足音が近づいてくる。月明かりが、茂みのあいだを駆けていく化けものの白いすがたを何度も照らしだした。わたしは二度銃を撃った。二発めで手ごたえがあった。苦痛の声がするどくひびいた。

一分後、廃園がしずかになった。〈窖《ピット》〉から、しゃがれて耳ざわりな豚たちの言葉が聞こえた。怒りをふくんだ叫びが、ときどき夜気をつんざいた。そしてそのたびに、無数のうめき声がこたえた。やつらのなかで密議がかもされているような感じだった。おそらく、家の内部に侵入する方法を相談しているのだろう。銃の威力がきいて、やつらもだいぶ興奮してきているらしい。

このへんで防備について最後の点検を終えておくのが上策のようだ。わたしはすぐにそれを実行にうつした。もういちど一階《ベースメント》をしらべ通して、ひとつずつ扉の安全をたしかめた。さいわい、裏扉とおなじように扉はどれも堅く、鉄鋲を打った樫で造ってあった。そのあと階段をあがって、書斎を見まわした。この扉がもっとも心配だった。おそらく、ほかのものよりあとから造られたのだろう。たしかに頑丈なつくりにはちがいないが、防禦力となると古い扉よりもかなり劣りそうだった。

ここで、ひとつ説明しておかなくてはいけないことがある。家のこちらがわには、手入れのいきとどいたちいさな芝生があって、書斎の扉はその芝生にむかって開くようになっている——書斎の窓には、そのために枠がはめてあるのだ。ほかの出入口はぜんぶ——まだ一度もあけたことがない大きな門をのぞいての話だが——書斎よりも下の階にある。

7 攻撃

どうすれば書斎の扉を補強できるか思案しているうちに、かなりの時間がすぎさった。やっと決心して台所へおりると、すこしばかり苦労して、重い薪を何本か運びあげた。その薪を、床と扉のあいだへ突っかえ棒がわりに立てかけ、頭としりを釘で打ちつけた。三十分ほどは、その仕事に専心した。それからようやく一息ついた。

　不安がいくらかやわらいだところで、わたしは、そばに置いてあった外套を着なおし、塔へもどる前にかたづけておかねばならない仕事を、ひとつふたつ取りまとめにかかった。すると、ちょうど仕事のまっ最中に、扉をまさぐる音と、閂《かんぬき》をはずそうとするかすかなひびきが聞こえた。わたしは、じっとしてなりゆきをうかがった。まもなく、いくひきかの化けものの声が外から伝わってきた。そっと、うめくような声で、ささやきをかわしている。一分間、沈黙が流れた。が、ふいに鋭く低い唸り声がわきあがった。はげしい重圧を受けて、扉がキイキイとしなった。もしも突っかえ棒をいれておかなかったら、扉は内がわへ押し倒されたろう。その圧迫は、はじめとおなじようにすぐやんだ。うなり声が、ふたたびもどってきた。

　やがて、いっぴきが低い声で鳴いた。ほかの音も近づいてくる。けれどそのあとでわけのわからない合図が手みじかにかわされてからは、また静寂がもどった。やつらが手勢を刈りあつめている声だったにちがいない。いよいよ来るべきときが来たのだ。わたしは弾丸をこめた銃を持って、迎撃の態勢をととのえた。たとえ扉が破られても、できるかぎりたくさんの敵を道連れにしてやるつもりだった。

もういちど低い合図の声が聞こえた。それにこたえて、はげしい重圧が扉にかけられた。まるまる一分間、重圧が扉を攻めた。わたしは息をとめて、その光景を見つめつづけた。いまにも扉が押しやぶられそうな、はげしい緊迫のなかで待った。しかし、突っかえ棒の力は大きかった。敵の攻撃が功を奏さないのだ。恐ろしい、うなるようなささやき声が、いくつかあとにつづいた。声のぐあいで、新手がいちだんとくわわったこともわかった。

扉への攻撃を、あいまあいまに加えながら、かれらはながながと討論をつづけたあと、もういちど鳴りをひそめた。扉を打ちやぶるために、三度めの攻撃を開始する前兆だった。わたしは絶望にちかい状況におちいった。二度にわたる攻撃で、扉のささえもひどくきずついている。その損傷のために支えがもろくなっていなければいいがと、不安を感じた。

そのとき霊感に似たひらめきが、痛めつけられた脳複をよぎった。躊躇しているひまはない。わたしはすぐに部屋を出て、階段から階段を一気に駆けあがった。けれど、こんどは塔へはむかわなかった。そのかわり平坦な鉛張りの屋上へ駆けあがった。あがると同時に、屋上をめぐる胸壁に乗りだして下をのぞいた。そうしたとたん、合図の鋭いうなり声がひびいた。攻撃にさらされる扉の軋み音が、ここまで聞こえてくる。

とにかく一秒でも惜しい。胸壁から身をのりだしてすばやく狙いを定めると、銃を撃った。銃声がかん高い谺《こだま》をとどろかせ、それに混じりあうようにして、標的にぶちあたる弾丸の音が湧きあがった。下から、金切り声とも泣き声ともつかない叫びが聞こえた。扉は軋み音を発しなくなった。そのとき、胸壁に体重をあずけすぎたためだろう、巨大な石材のひとつがはずれて、わたしの腕をくぐるようにして下へ落ちていき、列をみだした化けものの上にのしかかった。いくつかのすさまじい悲鳴が夜気をつんざいた。あたふたと逃げまどう足音が、そのすぐあとに湧きあがった。わたしは注意ぶかく、あたりを見まわした。月光のなかに、戸口をさえぎるようにして横たわる石材が見えた。その下に、なにか見える——いくつかの、白いものだ。けれどそれが何だか確認するまでにはいかない。

そんな状態が、数分間つづいた。

見つめていると、家が投じる影のなかから、なにかがすがたをあらわした。化けものの仲間だ。そいつは静かに石材に近よって、下をのぞきこんだ。そこでなにをしているのか見えなかったが、やがて立ちあがったときには爪になにかを引っかけていた。それを口にあてて、喰いちぎろうとしている……

はじめはなんのことやらさっぱり理解できなかったが、すこしずつ事情が呑みこめるようになっていった。化けものは、またかがみこんでいる。おそろしい光景だった。わたしはもういちど銃に弾丸をこめた。そのあとでまた下を見ると、化けものがさかんに石材を動かそうとしていた。頂部に銃をすえて、わたしは引き金をひいた。獣は、くずれるように、顔を下にむけた姿勢で倒れこみ、かすかに痙攣した。

その銃声とほとんど同時に、もうひとつ別の音が響きでた——窓ガラスが割れる音だ。わたしは武器に弾丸をこめるあいだだけその場にとどまってから、大いそぎで屋上をはなれると、階段をいちどに二段ずつ駆けおりて階下へむかった。

階下に着いたところで、足をとめて耳を澄ました。砕けちるガラスの音が、また聞こえた。どうやらもっと下のほうで割れたらしい。わたしは胸をわななかせながら階段をくだり、ガラスの砕ける音にみちびかれて、家の奥にある空き寝室のひとつに通じる戸口へたどりついた。それを押しあけて室内を見たが、月明にほんのすこし照らされているだけだった。しかも光のだいぶぶんは、窓辺でうごめきまわる人影にかき消されてしまう。そして影のなかの一匹が、わたしの見ているまえで窓枠を越えて、室内に這いこんできた。わたしは銃をかまえ、そいつに一発喰らわしてやった——耳をつんざくような轟音が、部屋じゅうにとどろいた。硝煙がうすれたとき、部屋はガランとしていた。窓辺にも化けものの気配がない。部屋がずっと明かるくなっている。割れた窓ガラスを通して、ひえびえとした夜気がながれこんでくる。外では、はるか下方から、わけのわからない豚のささやきと、かすかなうめき声が湧きあがっていた。わたしは窓の片がわへ寄って銃に弾丸をこめると、そのまま相手の出かたをうかがうことにした。まもなく、格闘の音が聞こえた。わたしがひそんでいる影の部分から、相手にみとがめられることなく敵の様子をさぐれるのは、ありがたかった。

物音が近くなった。窓敷居ごしに、なにかがふいに伸びでて、砕けた窓枠に手をかけた。窓ガラスのさんをひとつ、つかみとめた。手と腕だ。一瞬のち、豚そっくりな怪物の顔があらわれた。そしてそのあと、銃をつかうひまもなにもないうちに、ベキベキという鋭い響きがつづいてひびきわたった——そいつの体重を支えきれなくなった窓枠が、もの音とともにへし折れたのだ。それから重々しい衝撃音と、あらびた悲鳴がつづいた。あいつが地上へ落下したことをしめす、たしかな証拠だった。もみ消されていたはずの蛮勇を、とたんに取りもどしたわたしは、窓辺にかけよった。月が雲のかげにかくれたため、何も見えなかった。ちょうど足もとから聞こえてくる、ことばにもならないささやきのうずは、数ひき以上の怪物たちが手近にあつまっていることを暗示していた。

そこに立って下をのぞいたとき、ひどく衝撃を受けた。これだけの高さを、あの怪物はどうしてよじ登ってこられたのだろう。だいいち壁は、表面が比較的なめらかにできているし、上までのぼるとなったらすくなくとも八十フィートは覚悟しなければならない。

上体をのばして下をのぞいたとたん、暗い家の影に一本の黒い線を走らせているものを、ぼんやりと目撃した。窓から一、二フィートほどのところを、左によぎって伸びでている。そのとき、ふっと思いあたることがあった。数年まえ、雨水をおとすためにそなえた雨樋だ。それをすっかり忘れていたのだ。怪物たちがどうして窓へよじ登ったか、これでよくわかった。そう思ったとき、這いまわるような、ひっかくような物音がかすかに聞こえた。新手が来ているのだ。わたしはしばらく待った。それから窓にのりだして、雨樋にさわってみた。うまいぐあいに、雨樋は腐ってガタガタしている。わたしはすぐに銃の台尻を挺子《てこ》がわりにつかって、それを壁からはがしにかかった。手ばやく仕事を終えてから、それを両手でつかんで全体をはがしとり、怪物たちをしがみつかせたまま廃園へ投げおとした。

数秒間、わたしは耳を澄まして待った。しかし、最初にあがった異口同音のさけびからあとは、何ひとつ聞こえなかった。だから、この方向からの攻撃を恐れる必要がもうこれ以上ないことを、ようやく納得した。窓まで這いあがるための、たったひとつの手段は取りはずしたし、ほかに怪物たちの助けになるような雨樋が窓ぎわにあるわけではなかったから、これでどうやら、かれらの魔手からのがれる自信をふかめられるようになった。

部屋をでて、書斎へ降りた。書斎の扉が、さっきの攻撃をどこまで受けとめられたか見たかったからだ。書斎にはいって二本のろうそくに灯をつけ、それから戸口に視線をむけた。大きな支え棒のひとつがはずれている。そこのところだけが数インチ内がわに押しあけられている。

あのとき怪物たちを扉からひき離せたのは、いま考えればほんとうに神のたすけだった！　あの落石は、まったく奇跡だった！　いくら頭をひねっても、どうしてあの石材がすべりおちてくれたのかわからないのだ。銃を撃ったときは、石がゆるんでいることにまるで気づかなかった。けれど、わたしが立ちあがったひょうしに、腕の下からすべりおちていった……怪物たちを退散させたのが、銃の威力ではなく、むしろ偶然の落石だったとは皮肉だ。そのときふと、扉をもういちど補強するにはいい機会がめぐってきたものだと、思いたった。胸壁の石が落ちてからというもの、怪物たちはとんとすがたを見せなくなった。しかしどのくらい長くかれらが鳴りをひそめているか、推測はつけられない。

不安にさいなまれながら、わたしは扉を補強する仕事に没頭した。はじめに一階へ行って重い樫の板材をいくつか見つけてきて、これをあちこちに打ちつけまわした。そうしておいて書斎へもどり、防禦物をどけて、そこの扉にも板を打ちつけた。支え棒のあたまにも釘を打ちつけた。それから支え棒の底部も床にしっかり固定させて、そこへも念のため釘を打ちこんだ。

これで扉は、まえよりもグンと頑丈になった。板材を補強したから耐久性は大きい。これまで以上の重圧にも、なんとか踏みこたえられる自信を持てた。

仕事のあとで、台所からもってきたランプに灯をともし、下階の窓を巡邏することにした。怪物たちのもつ威力の一端を目撃したいま、一階の窓は――鉄枠があれだけしっかりと嵌《は》まっているとはいっても――ひどくあぶなく思えてしかたがない。

はじめに地階の食糧庫へおりた。さっきそこで経験した冒険のことが思い出された。部屋は、ちり毛だつように寒い。割れたガラスごしから流れこんでくる風が、気味わるい音を生みだしていく。全体的なもの寂しさをのぞけば、昨夜と変わったところはなにひとつないようだ。窓に近づいて、枠をこまかくしらべてみた。思ったとおり、分厚い粋だった。けれどつぶさに見ていけばいくほど、まんなかの枠がほんのすこしゆがんでいるように見えてきてならなかった。もちろんそれはほんのわずかだったし、ずっと前からそうなっていたかもしれなかった。そういえば、窓枠をこれだけ注意ぶかく見た経験は、これがはじめてみたいなものだ。

割れた窓から手を差し出して、枠を揺すってみた。岩のようにかたい。怪物たちはおそらく、手はじめにここを襲ったのだろう。だが、それがかれらの力ではおよばないことを知って、攻撃をやめたにちがいない。そのあとわたしは、窓をひとつずつめぐった。細心の注意をはらって窓をしらべていったけれど、攻撃を受けて破られた個所は見あたらなかった。ひととおり調査をすましてから、わたしは書斎へもどり、ブランデーを一杯ながしこんだあと、問題になりかけている〈塔〉にいよいよ注意をむけた。

8　攻撃のあと

いま午前三時だ。夜明けとともに東の空が白んできた。すこしずつ明かるくなった。その光をたよりに、わたしは熱心に廃園をみつめた。けれど、けだものどもの気配はどこにも見あたらない。身をのりだして、壁の基部をのぞいた。きのう撃ちころしたやつの死体が、まだそこにころがっているかどうかたしかめたかったのだけれど、しかし、なにもない。おそらく仲間が夜のうちに運び去ってしまったのだろう。

そのあと屋上へあがった。ゆうべ石材が落ちた壁の切れめをこえて、そのむこうをのぞきこんだ。最後に見たときとおなじように、石材はそこにあった。しかし石の下じきになったようなものは、ひとつも見えない。落石のあとで殺したやつの死体さえない。仲間がそれも運び去ってしまったのか。わたしはむきをかえて、書斎へもどった。疲れきって、椅子のなかに沈みこんだ。まったく、疲れはてたという感じだった。外がすっかり明かるくなっている。太陽の光はまだ見えなかったが、それでもけっこう暑い。時計が四時を告げた……

わたしは驚いて眼をさまし、あわててまわりを見まわした。すみの時計が三時を指していた。もう午後だ。まるまる十一時間も眠りほうけた勘定になる。

体をひき起こすようにして椅子に坐りなおしたあと、耳を澄ました。家のなかは物音ひとつしない。わたしはゆっくりと立ちあがって、大きく伸びをした。まだひどい疲れが抜けていない。なにが自分を眼ざめさせたのか考えながら、もういちど坐りなおすことにした。

わたしを正気づかせたのは、きっと時計の音だったのだと思いながら、わたしはまた眠りに落ちていき、とつぜん起こった騒音でもういちど正気づくまで、仮眠のときをすごした。二度めにわたしを正気づかせたのは、書斎にむかって用心ぶかく回廊をつたってくる、人間の足音だった。わたしは反射的に立ちあがり、ライフルをつかんだ。音をたてないようにしながらわたしは待った。眠っているあいだに、怪物たちが侵入したのだろうか？　そう自問したとたん、足音が戸口に達して、一瞬とまり、それからもういちど通路をわたりはじめた。わたしは忍び足で戸口にちかづき、外をのぞいた。その瞬間、執行猶予をあたえられた囚人が感じるのと同じような救いを体験した——足音の主は、妹だったのだ。ちょうど階段へむかおうとしていた。

ホールへ出て、彼女に声をかけようとしたときだった。わたしの頭に、ある疑問がわいた。あんなに忍びやかな足どりで、彼女が書斎の前を通りすぎていったのは、どう考えてもおかしい。わたしはきかんに頭をひねった。しばらくはそのことが妙にひっかかってしかたなかった。あれば妹じゃない、あればこの家の新しい謎だ、そんな気分だ。しかし、彼女が着ている古いペティコートを見たとたん、そうした疑惑は、湧きでたときと同様アッというまに消えてしまった。おもわず笑いだしそうになった。あの古い着衣には見おぼえがある。しかし安心してはいられない、彼女のとる行動はあいかわらず謎のままだった。先夜来の彼女の精神状態を思い返したわたしは、おどかさないよう注意しながら彼女のあとをつけていき、いったい何をしようとしているのかたしかめてやろうと決心した。ともかく理性ある行動をとってくれればそれにこしたことはないのだが、もしそうでなかったら、彼女を監禁する方法を考えておかなくてはならない。いま自分にふりかかっているこの危機のなかで、なにも好きこのんで不必要な危険に体をさらすことはないのだ。

わたしは足ばやに階段の頂部へたどりつき、そこでひと息いれた。するとそのとき、その狂気の一瞬に、わたしをおどりあがらせるような物音がきこえた——それは、まだ破られていない突っかえ棒がはずされる音だった。気のふれた妹は、なにを思ったのか、ほんとうに裏戸をあけようとしていたのだ。

彼女の手がさいごの突っかえ棒にかかったとき、わたしはようやくそばへたどり着いた。彼女のほうではわたしが見えないらしい。わたしが彼女のうでをとったときはじめて、他人の存在に気づくしまつだった。彼女は、おびえた動物みたいにすばやく視線を上へむけ、大声でさけんだ。「こい、メアリ!」わたしは危険を感じて、あらっぽくさけんだ。「このばかげた茶番は、いったいどうしたことだ! まるで、自分に迫っている危険がわかっていないじゃないか、ええ、おい!」

しかし彼女はこたえなかった。ただ、体を震わし、さいごでしかも最大の恐怖に直面したときのように、あらあらしくあえぎ、泣きじゃくるだけだった。

数分間、彼女をなだめつづけた。なによりも用心が必要なことをいいふくめ、勇気をだせと力づけた。いまは恐れるものなどすこしもないと、説明した——ほんとうに安心していいのだと、自分にも信じさせようとした——しかし彼女は、なぐさめのことばがたんに気やすめにすぎないことを感じとったらしい。それから、ここ数日間は家を出ないほうがいいと、彼女にいいそえておいた。

けれど、けっきょく説得をあきらめなければならなくなった。話しても、らちがあかないのだ。妹はこのところ取りみだしている。わたしもついに根負けして、今後も正気をたもてないのなら、部屋にひきこもっているようにしろとさえ忠告した。

けれど彼女はあいかわらず興味をしめさない。これ以上なにをいってもむだだった。わたしは彼女を腕でかかえて、部屋へ連れていった。はじめはひどく泣きさけんだが、階段に着くころはぶるぶる震えるだけになった。

部屋についたところで、妹をベッドに寝かせた。彼女は恐怖のぬくもりを表情に残してまだふるえていたが——泣きも話しもせず、しずかに横になった。近くの椅子から厚布をとってきて、それを彼女にかけてやった。それ以上妹にしてやれることはなかった。しょうがないから、こんどは大きな籠にはいっているペッパーのところへ行った。傷を負って以来今日まで、老犬の面倒は妹がみんなみるようになっていた。犬に看護婦をつけたのは、傷が想像以上にひどかったからだ。それにしても、悪い精神状態にもかかわらず彼女が老犬の世話をよくみてくれていたことを知ったときは、うれしかった。膝をかがめて、ペッパーに話しかけると、老犬はこたえるかわりに、よわよわしく手をなめた。体力が恢復していないために、それ以上はなにもできないのだ。

やがて寝台に近づいて、妹に顔を寄せ、気分はどうだとたずねた。だが彼女はさっきよりはげしく首をふるだけだった。そのことがいたいたしく感じられ、けっきょく自分の存在が彼女に悪い影響をあたえるらしいことを認めなければならなくなった。

だからわたしは部屋を出て、ドアに鍵をかけ、その鍵をポケットにしまった。これだけが、いまのわたしのとるべき方法のようだった。

残った時間は、塔と書斎を行き来しているあいだに過ぎてしまった。食糧として、地下蔵からパンをひとかたまり持ちだした。それと赤ぶどう酒すこしが、その日一日の全食糧だった。

なんと長く、なんとあきあきする一日だったのだろう！　むかしのように廃園へ出られさえすれば、散策に気をまぎらわすこともできたのだが、いまはそうもいかない。気がふれた女と傷ついた犬以外ひとりの伴侶《とも》もなく、この静かな家でじっとしていなければならないとなったら、どんな頑強な神経の持ち主だっていいかげん変になる。しかも、家をめぐる滝木の、もつれた枝のかげには、攻撃の機会を待っている地獄の怪物どもがいる。人間が、かつてこれほどの苦境に追いこまれたことがあったろうか？

その午後いちど、そしてそのあともういちど、妹のところへ行ってみた。二度めに行ったとき、彼女はペッパーの世話をやいていた。ところが、わたしが近づくと逃げるようにすみへ退いた。そのそぶりを見て、わたしはひどい悲しみにおそわれた。不運な妹だ！　彼女の恐怖が、わたしをその場にいたたまれなくした。もう不必要に彼女の邪魔をしないことに決めた。数日もすれば、きっともとにもどってくれるだろう。それまでは手のくだしようがない。そして、もちろんむずかしいのは覚悟のうえだが――彼女を軟禁しておく必要性を、あいかわらず感じていた。勇気づけられることがたったひとつあった。最初の訪問のさいに持っていった食事を、彼女がいくらか食べてくれたことだ。

こうして一日が過ぎた。

夕暮れが近づくと、空気に冷たさがましてきた。わたしは塔のなかで二夜めをすごすために準備をはじめた。ライフルをもう二挺と、厚いアルスター外套を持ちこんだ。銃には弾丸をこめ、ほかの用具と並べて置いた。夜のあいだはどんなやつからも攻撃されないようにしたかった。これで武器のほうは充分になったから、入口を破って侵入しようとする怪物たちをしたたかな目にあわせてやれるわけだ。

そのあと家のなかをもういちど見てまわった。とりわけ書斎のドアをささえる板には注意した。これでやれるだけの防備はすべてやりつくした。塔にもどる途中、妹の部屋に寄って、彼女とペッパーに「おやすみ」をいった。ペッパーは眠っていた。けれどわたしがはいっていくと、眼をさまし、うれしそうに尾をふった。だいぶん体力が恢復したようすだ。妹のほうはベッドにいて、べつに眠っているわけではなかったが、そのかわり口はきけないみたいだった。やがてわたしは部屋を出た。

塔につくと、できるだけ楽な姿勢になって、徹夜の見張りをはじめた。闇がすこしずつ濃くなっていき、まもなく廃園の細部が影とひとつに混じりあった。夜番をはじめてから数時間ほどは、下のほうでなにか行動が開始されたことを立証するような物音は聞こえないかと、耳を澄ましつづけた。なにしろ闇が濃すぎて、視力が役に立たなかった。

時間がゆっくりと過ぎていった。そのあいだ、これといって異状はおこらなかった。やがて月がのぼり、だれもいない静かな廃園を照らしだした。ただそれだけ、敵の気配も物音もしないままに夜がすぎた。

朝が近づき、夜番が長びくにつれて、体に冷気が浸みこみ、節ぶしがこわばっていった。それと同時に、あまりに長い敵の沈黙が、わたしの神経をひどくいらだたせるようになった。しかし、その沈黙は表面だけのことだから、やがて正面から家に攻撃をかけてくるだろうと予想しておく必要があった。もちろんわたしは、すくなくとも身にふりかかる危険を予期していたし、それに対処する覚悟もできていた。しかしこんな状態で、いったいどんな化けものが押しよせてくるか想像しながら、夜じゅう敵の突撃を待っていることは、精神的に耐えられっこない。もしかすると、やつらはもう退散してしまったのではないかと、そんな結論を一、二度いだきもした。しかし心の底ではいつも、そんな推測が信じこめるはずのないことをよく理解していた。

9　地下室のなか

かさなる疲労と寒気、そしてとりついてはなれないいらだちに負けたわたしは、しかたなく家のなかを歩きまわることにした。てはじめに書斎へ行って、ブランデーを一杯飲んで暖をとった。ブランデーを飲みながら、ついでにドアをくわしくしらべた。しかし、昨夜の状態とちがったところはなかった。

塔を出るとき、ちょうど夜が明けはじめた。しかし、部屋のなかは灯がなければなにも見えないほど暗かったから、わたしは家の巡邏に、書斎のろうそくをひとつ持って出た。そして一階の見まわりをちょうど終えたとき、格子をはめた窓から薄明かりがもれこんできた。見まわりを終えても、べつに目あたらしい発見はなかった。すべて昨夜のままに思えた。こんどは地下室のほうへ行ってみようとかんがえて、ろうそくを吹き消しにかかった。記憶にまちがいがなければ、攻撃の夜あわててしらべまわったのを最後に、地下室へはまだ一度もおりていない。

そのとき、わたしは三十秒ほど躊躇したにちがいない。だれも好きこのんで、こんな仕事をやったりはしない――できればやらずにすますのが最上なのだ――なにしろこの家にかずある巨大で無気味な部屋のなかでも、地下室は、大きさといい恐ろしさといい、なにもかもがケタはずれときている。陽光を浴びたことすらない、だだっぴろくてうす暗い窖《あなぐら》のようなところだ。しかし、その仕事をはずすわけにはいかなかった。そうすることが、自分の臆病風をはらいおとすにはいい機会になると思った。それに、だいいち地下室というのは危険にあう確率のもっとも低いところだ。もし敵が地下室に侵入するとしたら、重い樫のとびらを破る以外に道はないだろうし、そのとびらをあける鍵は、いつも自分で肌身はなさず持っている。

ワインを貯えてある場所は、地下室のなかでもいちばん小さな部屋だった。地下へおりる階段のそば近くにある、うすぐらい穴蔵だ。いつもは、それ以上先へ行くことがない。すでに述べた、ただ一度のあの見まわりのおり以外に、地下室じゅうをめぐり歩いた経験は、もしかしたらまるでなかったかもしれない。

階段のふちで大きなドアの鍵をあけたとき、わたしは、ツンと鼻につく奇妙な悪臭におそわれて、しばらく神経をたかぶらせながら立ちどまった。それから銃の筒先を突きたてて、地下世界にわだかまる闇のなかへ、ゆっくりと足を踏みいれた。

階段をおりきったところで、一分ほど足をとめ、きき耳をたてた。どこか左がわから伝わってくる、ポタリ、ポタリと一滴ずつ落ちる水滴の音をのぞけば、聞こえるものはなにもない。立ちどまったとき、ろうそくの焔が静かに燃えるのを見た。明滅もしなければ、揺らぎもしない。風がまったくないのだ。

わたしは忍びやかに地下室をめぐりあるいた。地下室がどんな配置になっていたか、記憶はあいまいだった。はじめての探索で得た印象も、いまは色うすれていた。けれど、大きな地下室がいくつもならんでいたこと、そのうちでもとりわけ大きな、支柱にささえられた天井をもつ部屋があることを、憶えてはいた。もっともそれ以上のことになると、記憶はもう霧のようで、ただ冷気と闇と影の、感覚的なぬくもりが残っているばかりだった。しかし、こんどはちがう。たしかに神経はひどくたかぶっていたけれど、周囲をみまわし、立ち寄る地下室ごとに、建物の特徴や大きさに注意する余裕ができていた。

もちろん、持ちこんだろうそくの光量では、それぞれの地下室をくわしくしらべるわけにいかない。しかし、先へ進むうちに、壁はすばらしい正確さと仕上げを誇っていることがわかるようになった。ところどころに頑丈な支柱があって、円蓋形の天井をささえている。

こうして、とうとう問題の大地下室に着いた。入口はひどく巨大で、アーチ形をしている。見ると、そこには奇妙で神秘的な彫刻がほどこしてある。ろうそくの光を受けて、不思議な影をおどらせている。足をとめて、彫刻をみているうちに、自分がこの家のことをなにも知らずにきたことが、変にうしろめたく思えてきた。しかし、この古怪な廃屋の大きさを思いだし、そこで必要なだけの部屋数を占有して暮らしているのが、自分と妹のたった二人でしかないことを考えあわせれば、それはむしろ当然だった。

わたしはろうそくをたかだかとかかげると、その地下室へ踏みこんだ。右へ右へまわりながら、行き止まりが来るまでゆっくりとすすんだ。なるべく足音をたてないよう気をくばり、あたりを油断なく見つめた。けれど、光がとどく範囲内には、怪しい気配ひとつ感じられなかった。

行き止まりに来て、左にむきをかえると、あいかわらず壁伝いにすすみつづけて、だだっぴろい部屋を横断した。歩きながら、床がかたい岩でできあがっていること、ところどころに湿った苔が覆っていること、そしてそれ以外は灰色の埃《ほこり》をのぞいて岩はだをあらわにしていることを、はっきり確認した。

戸口まで来たとき、ふと足をとめた。しかしそれにはかまわず、部屋の中央にむかった。支柱のあいだをぬけ、左右をうかがいながら、すすんだ。部屋のまんなかで、金属音を発するものに足をひっかけた。すぐに膝をかがめて、ろうそくを近づけると、蹴りつけたものを見た。大きな金属の環だ。顔をいっそう近づけて、環のまわりに積もった埃をはらうと、それは、年代を経てすっかり黒くなった重々しい上げ戸につながっていた。

興奮に胸をときめかせ、その戸にみちびかれる行き先を想像しながら、わたしは銃を床に置いて、引きがねの用心金《ガード》にろうそくを立てたあと、両手で環をつかんで力いっぱい引いた。上げ戸がひどく軋んだ——その響きが、広い部屋のなかにぼんやりとこだましていって——入口が重々しくあいた。膝がしらをめぐらしてろうそくをさぐり、それを入口に差しいれて、右ひだりに動かした。しかし何も見えない。わたしは当惑と驚きの両方を感じた。階段の形跡もなければ、どだいそこに何かがあった痕跡すら見あたらないのだ。まったく、なにもない。あるのは、空虚な闇ばかり。底も側壁もない井戸を、じっとのぞきこむような気分だった。当惑に満たされながらのぞきこんでいると、はるか下から——まるで未知の深淵から、よわよわしいささやき声が聞こえてくるように感じた。わたしはさらに頭を突っこみ、必死に耳を澄ました。あるいは、気の迷いだったというかもしれない。しかし、やわらかなささやき声が恐ろしい嘲笑に変わっていく遠いかすかな音を聞いたのは、神に誓って本当だ。わたしは驚いて、後方へのけぞった。おそろしい谺《こだま》が響く空間にむかって、うつろな物音とともに蓋をたたきつけた。けれど嘲笑はまだ聞こえてくるようだった。もちろんそれが気のせいだということは、よくわかっていた。さっき聞いた音ではあまりに遠すぎて、この分厚い蓋を浸み通れるはずがない。

まるまる一分間、ふるえながらその場にたたずんだ――うしろと前を、神経質に見まわしながら。しかし巨大な地下室は、地獄のように静かだった。それにすこしずつ、あの戦慄的な嘔吐感もうすれていった。気がやすまるにつれて、その上げ戸がどこに通じているか、また知りたくなった。とはいっても、これ以上探索をつづける勇気までは、まだ奮いおこせない。けれどひとつだけ感じたことがあった。この上げ戸を封じておかなければいけないのだ。わたしはさっそく、さっき東壁のところで見つけた化粧石のかたまりをいくつか上にのせて、その仕事を果たした。

こうして、残った場所の探索をすべて終えたあと、わたしは地下室を出て階段をのぼり、いやな仕事をやっと終わらせた安堵感にひたりながら、まぶしい陽光のもとに帰りついた。

10　待機のとき

陽光はすっかり暖かみをまし、暗く陰鬱な地下室とは奇跡的なほどの対照をつくりだして、キラキラとかがやいていた。廃園のようすを見るために塔へあがったときは、気分もずっと軽かった。廃園は、すべてが静まりかえっていた。数分観察したあと、こんどはメアリの部屋にでかけてみた。

ノックをすると、こたえが返ってきた。鍵をあけてなかにはいると、妹はおだやかな顔でベッドにすわっていた。まるでわたしを待っていたように。やっと正気の彼女にもどったようで、わたしが近づいても、もう逃げようとしなかった。ただ、わたしを見つめるまなざしのどこかに、まだ疑惑がひそんでいる。けれども彼女のがわでは、わたしに恐れをいだく必要がないことを半分ほど納得できているようなので、その点は安心だった。

気分はどうだねとたずねかけると、彼女はごく自然な態度で、ええ、でもおなかがすいたわ、もしかまわなければ下へ行って朝食の用意をしたいんだけれど、とこたえてくれた。わたしはしばらく、彼女を部屋から出してもいいかどうか考えた。そしてようやく、いいだろう、けれども家を離れたり外へ通じる扉に手をふれたりしてはいけないぞ、と返事した。戸口のことをいったとき、とつぜん恐怖の表情が彼女の顔をよぎった。しかしそれについてはなにもいわず、わたしが出した条件にたいする約束を口にだしただけで、あとは黙って部屋をぬけていった。

床をよこぎって、こんどはペッパーのようすを見にいった。近づくと、眼をさましたが、かすかな歓びの声をひとつ発してやわらかく尾をふる以外は、まるで無愛想だった。頭をポンポンとなでてやると、かれは立ちあがろうとした。しかし、ひくい苦痛の声をあげて一度、二度横ざまに倒れたあとでなければ、立ちあがれないしまつだった。

わたしはかれに声をかけ、じっと横になっているように命令した。犬の恢復ぶりと、その精神状態にもかかわらない妹の親身な看護ぶりとを見て、晴れ晴れとした気分になれた。しばらく犬をみたあと、かれを残して階下へおり、書斎にはいった。

まもなくして、白い湯気をあげるあたたかい朝食を盆にのせたメアリが姿をあらわした。部屋にはいってきた彼女の視線が、書斎の戸を補強している板切れの類に注がれるのを見た。彼女のくちびるが締まった。いくらか顔色も変わったようだ。けれど、変化はそれだけだった。盆をひじのそばに置いてから、彼女が静かに部屋を去ろうとしたとき、声をかけてよびもどした。彼女は、ちょっと驚いたような顔をして、オドオドしながらこちらへ戻ってきた。神経質そうにエプロンをつかんでいる。

「メアリ、ちょっとこっちへ」と、わたしはいった。「さあ元気を出せ！　まわりはこんなに明かるくなっているじゃないか。きのうの朝以来、あのけだものどもを見かけてもいないし」

彼女は不思議な当惑の色をうかべて、わたしを見つめた。なんのことやらわからないらしい。

それから知性が彼女の眼にもどり、それとともに恐怖が走った。けれど、不明瞭な声で励ましにこたえたほかは、なにもいわない。それでわたしも口をつぐんでしまった。豚の化けものたちについて一言口をすべらしても、彼女の衰弱した神経にはそれが耐えられないのだ。

朝食が終わって、塔にあがった。その日の大部分を、休まず廃園に眼をくばりながら、そこですごした。ただし、一度二度、一階へおりていって妹の状態をたしかめた。様子を見にいくと、彼女はおとなしくしているし、妙に柔順だった。最後に行ったときも、自分から、注意のいる家事のことをいくつかたずねかけてきたほどだった。もちろんその問いかけも、奇妙な物おじといっしょに口から出てきたのだけれど、外で待ち伏せる怪物たちのなかに自分から飛びこんでいこうと、裏手の戸を明けにかかった、あの危機の瞬間以来はじめて聞いたことばらしいことばだったから、わたしは大歓迎でそれを受けとめた。それにしても、彼女はあのときの行動を憶えているのだろうか、どんなに危険が迫ったかを、憶えているだろうか。しかし、それは今きかないほうがいいと考えたわたしは、彼女に問いかけることをやめた。

その夜、わたしはベッドで眠った。じつに二日ぶりだ。朝は早く眼をさまし、家のなかを歩きまわった。家内に異状のないことを確認してから、塔へのぼり、廃園を見わたした。ここでもまた、完璧な静寂に出会った。

朝食のときメアリと顔を合わせた。ほとんど自然な身ぶりで朝の挨拶をかわせるまでに恢復した妹を見て、ひどくうれしかった。彼女の話しぶりは、理知的でもの静かだった。ただし過去数日間のできごとを話題にのぼらせることだけは、避けるよう気づかった。その方向に会話をみちびいていかないよう注意しながら、彼女と歓談した。

朝はやいうちに、ペッパーの状態を見ておいた。急速度で恢復にむかっている。一日か二日のうちには立てるようになれよと、心をこめて語りかけてやった。朝食のテーブルをはなれるまえに、犬の傷のことを話題にだした。会話の途中、彼女がまだ、山猫のために傷つけられたという嘘ばなしを信じこんでいるのを、ことばのはしばしから感じとって驚いた。彼女をだましているのが、自分ながらはずかしかった。しかしその嘘のおかげで、彼女に恐怖をあたえないですんでいるのだ。しかし、怪物どもに家を攻撃されたとき、彼女が真実を知ったことはうたがいなかった。

昼のあいだは万事に注意をおこたらなかった。昨日と同じく、塔で見張りをつづけた。しかし豚人間どもの気配を感じとることはできなかった。もちろん物音ひとつ聞こえない。けっきょくやつらは退散したのではないだろうかと、何回も考えてみた。しかし今まで、その推測をまじめに取りあげようとは思わなかった。ところがこうまで静かだと、そんな推測を信じこみたくもなってくる。あの怪物どもを最後に見てから、もう三日が過ぎようとしているのだ。けれど細心の注意をおこたってはいけないと、自分にいいきかせることは忘れなかった。なんといっても、この沈黙がもし、わたしを家の外へおびき出すための罠だったりしたら大変だ。そんな偶然を考えるだけでも、わたしの心を引き締める役にたった。

こうした状況のままで、四日、五日、六日が、なにごともなく過ぎていった。その間、家から出ようと決心したことはなかった。ペッパーが元気に歩きまわる姿をもういちど見られたのは、なにより大きな歓びだった。まだまだ弱々しかったけれど、わたしの話し相手として、一日の大部分をなんとか勤めあげてくれるのだ。

11　廃園の探索

時間のたつのが、ひどく遅い。怪物のうちいっぴきでも廃園をうろついていれば、その気配をさぐり取れるのだが、とにかくそんなものは何ひとつない。

こうなればいっそ外へでて、危険をおかしてみようと、そう決心したのは、九日めのことだった。目的が目的だから、せまい場所でライフル以上の威力を発揮するショット・ガンを選んで、それに弾丸をつめた。塔から最後の探索をおこなって、地上に危険がないことをたしかめたあと、ペッパーについてくるよう命令して一階へおりた。

戸口のところで一瞬躊躇したことを告白しておこう。暗い茂みのなかにどんなやつが待ち伏せているかと思うと、決意がにぶった。けれどそれは、ほんの一瞬のことでしかなかった。そのあとすぐ閂《かんぬき》をはずすと、戸口の外にのびている小径に立った。

ペッパーがあとを追ってきた。戸口でとまって、いぶかしそうに鼻づらをヒクヒクさせていた。なにかの匂いを追おうとするのか、抱《だき》のあたりを嗅ぎまわった。やがて、かれは唐突にむきをかえ、輪をえがきながら戸口のまわりを駆けめぐり、やっと入口の敷居ぎわへもどってきた。そして、もういちど鼻を鳴らしはじめた。

わたしは犬の行動を見つめながら、その場に立ちどまった。けれど注意の半分は、あたりを取りかこむ廃園の野生樹にいつもそそがれていた。ややあって、わたしは犬のそばに寄り、膝をおとして、犬がさかんに嗅ぎまわっている扉の表面をしらべた。見ると、木材には爪のあとが網の目みたいに捺されている。おたがいに交錯しあった瑕《きず》が、やたらについている。それだけではない、戸柱にまで歯形がある。そこまで確認してから、ほかに新発見もなさそうなので腰をあげ、家の側壁をしらべにまわった。

外へ出るとすぐ、ペッパーも戸口から離れた。みちみち鼻を鳴らして匂いを嗅ぎながら、まっすぐこちらへやってきた。ときどき、なにか探りだすように足をとめる。道の途中には、弾丸の痕跡か、あるいは火薬のこびりついた〈押さえ《ワッド》〉らしいものがあるかと思えば、次には、もぎとられた芝の束があったり、下生えをおおう路面に窪みがあったりした。けれど、目についたのはその程度でしかなかった。そばにしたがう犬の様子をきびしくしらべてみたけれど、かれの身ぶりやいらだち具合からは、怪物の匂いを嗅ぎあてた気配は見られなかった。ここまでくれば、すくなくとも現時点で廃園に憎むべき敵が潜伏している可能性を否定してもよかった。ペッパーの嗅覚をあざむくことは、かなりむずかしいのだ。だからどんな危険が迫っても、すぐにそれを知らせてくれる友の存在が、わたしにとってはなによりもありがたかった。

最初に怪物を撃ちころした場所で足をとめ、そのあたり一帯を綿密にしらべあげた。しかしなにも発見できない。そこを発って、あの大きな嵌め石が落ちているところへむかった。その石を動かそうとした怪物を狙い撃ちにしたときと、まるで変わらない位置に、横ざまのかっこうをしてまちがいなく置いてあるようだった。石材の手近かな一端へむかって右に二ヤードほど離れたところに、もともとその部分が落下した地点を暗示する大きな窪みがあった。もう一方の端は、まだ窪みのなかにある——半分埋まり、半分外にとび出している。近くへ行って、さらにくわしく石材をみた。なんという巨大さだ！　しかもあの生きものは、下敷きになった仲間を救おうと、素手でそれを動かしていた。

石材のむこうがわへもまわってみた。ここで、石の下をのぞける場所が見つかった。ちょうど二ヤードほど下だ。しかし、石に押しつぶされたはずの生きものの姿がない。これはひどい驚きだった。前にもいっておいたとおり、死体はどうやらかたづけられてしまったらしい。けれど、石の下に運命の痕跡ひとつ残さないで、これだけ完全に運び去ったなんて、どう考えても信じられない。すくなくとも何匹かの怪物が下敷きになるのを、この眼で目撃したのだ。しかもあの高さだから、かれらの死体は文字どおり地中にめり込んだにちがいない。それがどうだ、いまやつらの痕跡は、血痕一滴にいたるまで——まるで見あたらない。

一連の事実を心のなかで反復したとき、謎はいよいよ深まるばかりだった。真実めかしい説明が、ひとつとして思いうかばない。さいごにはついにあきらめて、それらのできごとを〈不可解な事件〉のひとつに加えるという、いかにも安直な逃げ道をもとめるしかなくなった。

そこから警戒の視点をめぐらして、書斎の扉に注目した。いまは明白に、扉が受けてきたすさまじいまでの圧力を観察できた。支え棒や板張りで補強しておいたとはいえ、これだけの攻撃に耐えられたという事実は、ちょっとした驚異だった。殴打のしるしはなかったが——事実、殴打した痕跡はまったくなかった――強大な沈黙の力を受けて、扉が蝶番《ちょうつがい》からはぎとられかけていた。たまたま発見したひとつの事実が、わたしを大きく動揺させた――それは、支え棒のうち、あたまが腰板を突きぬけているものがあったことだった。これひとつだけで、扉をやぶろうとした怪物たちの攻撃ぶりを推測するには充分だった。やつらは、あとひと息で成功するところまでこぎつけていたのだ。

そこを離れて、家の周囲をさらに探った。しかし興味ある現象など、外ではほとんど見あたらなかった。めだった発見といえば、わたしがはぎおとした雨樋の断片を裏手で見つけたことぐらいだ。ちょうど割れ窓の下に、長い草におおわれて横たわっていた。

それから家にもどり、裏戸に閂《かんぬき》をかけなおして搭へ上がった。午後を、そこで読書についやし、ときおり廃園の様子をうかがった。夜が静かに過ぎ去ったら、つぎは思いきって〈窖《ピット》〉まで足を伸ばしてみようと決心した。おそらくそこで、これまでに発生したできごとのいくつかを探り知る機会にめぐりあえるだろう。日中がいつのまにか過ぎさり、夜がやってきた。夜は、ここ数日つづいた夜とほとんど変わりなく、しずかに過ぎていった。

夜があけて眼をさますと、外はすがすがしいうえ晴天だった。そこで計画を実行にうつす決心がついた。朝食のあいだ状況を慎重に検討した。そのあとショット・ガンをとりに書斎へ出むいた。ついでに、弾丸をこめた重たい拳銃《ピストル》をポケットにすべりこませた。危険があるとすれば、それは〈窖《ピット》〉の方向にひそんでいることに、まずまちがいはない。そのための準備をかためておくにこしたことはなかった。

書斎をあとに、ペッパーのお伴で裏戸へおりた。外に出て、廃園一帯をすばやく見まわしたあと、あらためて〈窖《ピット》〉にむかった。途中、銃をかまえながら油断なく周囲をうかがった。ペッパーは、いっこうに気のすすまない様子で駆けていく。けれど犬が前進するくらいだから、さしせまった危険はないだろうと推測したわたしは、意をつよめ足を速めた。ペッパーはもう〈窖《ピット》〉に着いていて、淵のあたりをさかんに嗅ぎまわっている。

一分後、かれのそばに追いついて〈窖《ピット》〉を見おろした。これがあの〈窖《ピット》〉かと思うと、一瞬はほとんど信じられない気持だった。それほどひどい変化が起きていた。二週間前は、森に閉ざされ、木の間がくれにゆるゆると小川を押し流していた暗い谷間だったのが、いまは見るかげもない。そこにあるのは、なかばまで黒い濁水をたたえた、あらあらしい亀裂だった。谷間の一側面は植物が根こそぎはがされ、岩膚を露出させていた。

左にいくらか寄ったところでは〈窖《ピット》〉の側面がひとつ雪崩《なだれ》のようにくずれ落ち、岩だらけの崖面にV字形の裂けめをつくりあげていた。この裂けめは谷間の上縁から、濁水のたまり近くにまで達し、ほぼ四十フィートにわたって〈窖《ピット》〉のなかへ伸びていた。裂けめの入口は、差しわたしで六ヤードほどある。奥へ行くほど狭くなって、底のちかくへ行くと二ヤードくらいになっているらしい。しかし、この巨大な亀裂以上にわたしが注目したのは、その亀裂から多少下にさがった、V字形の切れめの内部にできている大きな穴だった。縁取りがはっきりしており、かたちはアーチ形の門口に似ていないこともない。影のなかにある穴だが、外からでもずいぶんはっきりとわかる。

〈窖《ピット》〉の反対がわには、まだ多少緑が残っていた。しかし損傷の程度はひどい。どこも埃《ほこり》と屑をかぶっていて、泥土と区別がつかない。

最初の印象は、地すべりだった。しかしそのうちに、自分が目撃したものすべてを説明しつくすとなったら、地すべりを持ちだすだけではとても不充分なことを理解しはじめた。それでは、あの濁水はどうだろう——？　そのとき、わたしはとつぜんふりかえった。右がわから、水の流れる音が聞こえてきたからだった。何も見えなかった。しかし注意を集中させると、その水がどこか〈窖《ピット》〉の東部から流れだしていることが簡単にたしかめられた。

わたしはその方向へゆっくりとすすんだ。進むにつれて音がはっきりしてきた。やがて、音の源の真上とおもわれる地点に立った。けれど、それでもまだ原因がわからない。膝をついて崖から首を突きだしてはじめて、事情をのみこめた。物音が、いまはっきりと聞こえる。眼の下に、透明な水を走らせる激流があった。〈窖《ピット》〉の縁にある小さな裂けめから流れでているのだ。崖ぞいに少し遠くを見た。するとまた、そのむこうに二つの小さな激流があった。〈窖《ピット》〉にたまった水量を説明する有力な原因だ。それに、岩や土の落下物が底で流れをせきとめれば、あの大きな湖水をつくりあげる有力な手立てになる。

しかし、この場所がひどく荒らされている理由を考えるのには頭をいためた。まず激流、それに谷間のずっと上にできあがった大亀裂！　これらの現象を解明するには、地すべり説だけではだめだ。地震、それとも大爆発、これだけの惨状を惹起する力となるのは、それぐらいしか思いうかばない。けれど、実際にはそのどちらでもない。わたしはあのときの地すべりと、大気のなかにワッと湧きあがった砂塵の雲を思いだした。が、わたしは首をふった。ちがう。土砂や岩がくずれる物音は、なるほどまちがいなく聞いた。もちろん、砂塵があがっても不思議はない。けれど、理性の声にもかかわらず、この仮説が可能性の問題をちっとも満足しないことがわたしを不安にさせた。といって、自分の疑惑を半分も解決してくれる仮説がほかにあるのだろうか？　あれこれ調査を進めるあいだ、ペッパーは草の上にすわっていた。そしてわたしが谷間の北がわへむかおうとしたとき、声をあげてついてきた。

四方に注意をくばりながら、わたしはゆっくりと〈窖《ピット》〉のまわりをめぐった。けれど新発見はほとんどなかった。西の突きあたりから、一直線に落下する四本の滝を見た。どれも湖からはかなりへだたっている——およそ五十フィートぐらいか。

しばらく、周囲を歩きまわってみた。眼と耳を緊張させたけれど、怪しいものはとらえられなかった。その地域一帯が、気味わるいほど静かなのだ。聞こえるものといったら、たえまない水の流れぐらいで、あとは文字どおり沈黙をやぶる音ひとつない。

そのあいだ、ペッパーはいらだちの表情を見せなかった。すくなくともここ当分は、谷間から豚の化けものたちが姿を消していることを確実に裏づけていた。様子を見ているかぎりでペッパーの注意がいちばんひかれたのは、〈窖《ピット》〉のまわりに生える雑草類だった。それをさかんに嗅ぎまわったりひっかいたりしていた。それでもときどきは縁《ふち》をはなれ、まるで目に見えない轍《わだち》を追うように、家のほうへ駆けていった。けれど、どちらにしても犬は数分ほどで戻ってきた。おそらく豚の化けものの足跡を追っていたのだろう。何度たどっていっても、もとどおり〈窖《ピット》〉

へ戻ってくるということは、怪物たちがみなここへ立ち帰った証拠だった。

午後になって、昼食をすませに帰った。そのあと午後の残り時間は、ペッパーと連れだって廃園の一隅を探索するのにつかった。しかし怪物たちの存在をしめす痕跡は、なにも発見できなかった。


いちど滋木の茂みを通ったときのことだ。樹のあいだで、ペッパーがとつぜんはげしく吠え、狂ったように突進した。わたしもあおりをくらって、うしろへとびのき、銃をかまえた。それだけに、ペッパーが小猫をいっぴき追いかけまわしながら姿をあらわしたときは、笑いもした。夕暮れがちかづいたので探索をあきらめ、家にもどることにした。大きな茂みをぬけようとしかけたとき、ふいにペッパーが右手の方向に消えてしまった。茂みのなかで、いぶかしそうに鼻を鳴らし、低い唸り声を発しているのがわかった。わたしは銃筒を突きたてて、からまりあう枝をかきわけ、内部をのぞきこんだ。折られたり曲がったりした枝がやたらにめだったほかはなにも見えないが、ちょうど、つい最近動物が巣を張ったような眺めだった。とこはおそらく、あの攻撃に怪物たちが占領した場所だったのだろう。

次の日、廃園の探索を再開したが、けっきょく徒労におわった。夕暮れまでには廃園をくまなく探り終えた。もう疑問の余地はない。怪物はすでにこの場所をひきはらったのだ。攻撃のすぐあとで怪物たちが姿を消したと考えた、あの時の自分の推測は、ひょっとしたら正しかったのかもしれないと、幾度となく思ったりした。

12 地下の〈窖《ピット》〉

新しい一週間がすぎ去った。その間わたしは、大部分の時間を〈窖《ピット》〉の縁で過ごした。結論はもう数日前に固まっていた。巨大な亀裂の角にあいたアーチ状の穴は、地球の内部にある奇怪な世界からやってきたあの化けものどもがあけた出口だったにちがいない。しかもこの結論は、あとになって事実にきわめて近かったことが立証された。

なるほど、恐ろしいことは恐ろしかったが、それとはうらはらに、あの穴がどんな奈落へ通じているのか、わたしはそれを知りたくなった。といって、今のいままでその穴に侵入してみようとまじめに考えたことはなかった。怪物たちにたいする恐怖のはげしさが、穴の探索から自分を意識的に回避させていたのだ。穴のなかでやつらにでくわす可能性がないとはいえないのだから。

しかし、時がたつにしたがって、恐怖の感覚はすこしずつ弱まっていった。だから数日を過ぎるころになると、穴のなかに降りて調査してまわることが可能ではないかと思いだした。それに、穴のなかに降りる仕事は、想像するほどいやでもなかった。ただし、そんな馬鹿げた冒険をほんとうに決行しようとは、わたしだってさすがにまだ考えてもみなかった。なんといっても、この見るからに恐ろしげな入口をくぐることは死それ自体を意味するものだ。しかし、そこが好奇心にとらわれた人間の悲しさだった。わたしのもっとも強い欲望は、やがて、あの陰鬱な外観をもつ入口のかなたにある何ものかを発見することにかたむいていった。

一日いちにちが、ゆっくり過ぎていった。豚の化けものにたいする恐怖は、すでに過去の思い出となり、やがて何よりも不快で信じがたい記憶として残るようになった。

思慮と妄想とをふりすてて、わたしは家から索《ロープ》を持ちだし、〈窖《ピット》〉からすこし戻った亀裂の頂部に生えている頑丈な樹にそれをゆわえつけ、暗い穴の口をよこぎるまで、その一端を亀裂のなかにたらした。

それから用心ぶかく、またときには、自分が馬鹿なまねをしかけているのではないかと不安がりながら、ロープを頼りに、穴へたどり着くまでゆっくりと降りていった。たどりついたところで、ロープを握りつづけながら足をとめ、穴のなかをのぞきこんだ。なにもかもまっ黒だ。物音ひとつしない。けれど一瞬ののち、なにか聞こえてくるような気がした。わたしは息をとめ、耳を澄ました。しかしすべては墓のように静まりかえっている。わたしはもういちど弱々しく息を継いだ。その瞬間、同じ音がまた聞こえた。まるで苦しい息の音――深く、するどく吸いこんだ息の音のようだった。しばらくは、体が硬直して動けなかった。しかし物音はふたたびやんだ。もう何も聞こえない。

気をもみながらたたずんでいて、うっかり無意識に小石を蹴りつけた。小石がうつろな音をのこして暗い穴に消えていった。間をおかず、物音がわきあがり、それが何十回となくくりかえされた。谺《こだま》は、ひびくごとに弱くなっていった。どこか遠いところへ落ちていくように、わたしからへだたっていった。それから沈黙がもどってきた。あのしのびやかな吐息が聞こえた。自分で息を吐くごとに、こたえるような吐息が聞こえた。しかもその響きは、すこしずつ近づいてきた。別の吐息もいくつか聞こえた。しかし最初のよりずっと弱く、へだたりもあるようだった。なのに、ロープを握って危険の外へのがれようとはしない自分が、妙だった。まるで呪縛の糸にからめられたように、動けないのだ。体からあぶら汗が吹きだした。乾いたくちびるを舌先で濡らそうとした。咽喉がとつぜん乾き、しゃがれ声の咳が出た。すると暗闇からも、あざわらうような恐ろしい咽喉声が十倍にもなってもどってきた。わたしは絶望感にかられながら闇のなかをのぞいた。けれど、まだ何も見えなかった。そのうちに、妙に息ぐるしい感覚を感じたわたしは、乾いた咽喉から咳をしぼりだした。すると谺がそれを受けて湧きあがり、奇怪な抑揚を帯びながらひびき、やがて口ごもるような沈黙のなかにすこしずつ消えていった。

と、ある考えがとつぜん脳裡をよぎった。わたしは息をとめてみた。すると別の息もとまった。もういちど空気を吸いこむと、そいつも息を継ぎはじめた。しかし恐怖する必要はもうなかった。その物音が、闇にひそむ豚の化けものたちによって出されたものであろうはずのないことは、確実だった。それは、たんにわたしの吐いた息がひびかせた谺にすぎなかったのだ。

しかし、受けた恐怖は大きかった。逃げるためならば、亀裂をよじのぼることも、ロープにしがみつくこともかまわなかった。心を揺すぶられ神経をここまでたかぶらされたいま、暗い穴へ踏みこむ気力はなかった。だからわたしは家にもどった。次の目、いくらか気分が落ちついたようだったが、それでもあそこを再調査してみる勇気をふるいおこせなかった。

その間ずっと、〈窖《ピット》〉のなかの水はすこしずつ増量していき、いつのまにか入口のすぐ下まで水位を高めてしまった。このままの速度で増水していけば、一週間もしないうちに床とおなじ高さになりそうだった。だから、もし数日間のうちに探索の機会をつかんでおかないと、穴を探索するチャンスは二度と得られなくなるはずだった。そうするうちにも水位はどんどん上がって、穴の入口そのものをいつか水面下に沈めようとしていた。

そんな不安が、おそらくわたしを行動に駆りたてたのだろう。とにかくわたしは、二日後、装備をととのえたすがたでちゃんと穴の入口に立っていた。

こんどこそ内心の戦《おのの》きを征服してやる決意でいたから、正面から探索にいどんだ。その心がまえといっしょに、ロープ以外の装備品として松明《トーチ》がわりに使うろうそくを一束持ってきた。銃筒が二つある散弾銃も忘れなかったし、ベルトには弾丸をこめた重いホースピストルも用意してきた。

前とおなじように、ロープを木にくくりつけた。それから丈夫な革ひもで散弾銃を肩に縛り、すこしずつ〈窖《ピット》〉のふちから降りだした。わたしの行動を見まもっていたペッパーは、降下がはじまると腰をあげ、なかば吼え声、なかば泣き声で、わたしのあとを追いかけはじめた。かれの声が、わたしには警鐘に聞こえた。けれど自分にも決意があった。ペッパーにむかつて、そこで待っていろと命じた。なるほど、できることならペッパーに来てもらうのがいちばんだったけれど、事情が事情なだけに、それはまず絶望的だった。〈窖《ピット》〉の縁と同じ高さまで顔が下がったとき、ペッパーがわたしの口のあたりをなめまわした。それから袖を噛んで、つよく引っぱりはじめた。わたしを降下させたくない気持が、いたいほどわかった。しかしわたしの決意だってかたいのだ。探索をあきらめるわけにはいかなかった。袖をはなせと、鋭い声でペッパーをしかりつけながら、とり残された小犬のように泣きさわぐ老犬を頭上に置きさって、降下を続行することにした。

岩の突起部を足場にしながら、用心ぶかく降下した。足をすべらしたら、ずぶ濡れになることはまちがいなかった。

横穴の入口に到達したわたしは、ロープを放し、散弾銃を肩からはずした。それから最後に空を見あげた——空は、どうやら急速に曇りはじめているらしい——風を避けるために二歩ほど内にはいって、ろうそくに火をつけた。それを頭上にかざし、銃をしっかりと握りしめて、周囲を油断なく見まわしながら一歩ずつ前進しはじめた。

はじめの一分間は、わたしを追いかけるように響いてくる悲しげなペッパーの吼え声が耳についた。しかし闇のなかにすこしずつ侵入していくと、吼え声はどんどん小さくなり、しばらくすると完全に聞こえなくなった。道は多少くだり坂になっていて、左のほうへ曲がっていた。その道がはっきりと自分の家に逆もどりしていることがわかるまで、左曲がりに伸びていた。

数歩すすんでは立ちどまり、じっと耳を澄ませる慎重さで、わたしはゆっくりと前進した。百ヤードほど行ったころだろうか、とつぜん道の後方で奇妙な音が湧きあがるのを、かすかに聞きつけた。心臓がドキリと脈打った。物音は次第にはっきりしてきた。それも、ずいぶん急激にだった。すぐに物音をただしくとらえた。なにか生きものが走る足音だ。わたしは恐怖にかられながら、とるべき行動を決めかねて、その場にたたずんだ。その足音が、こちらへ来るのか遠ざかるのか、まるでわからなかった。そのあと、この場でいちばん有益な行動をとつぜん思いついて、右がわに突きだしている岩壁に駆けこんだ。そこでろうそくを高くかかげ、――もちろん銃を手にしてだが――みずからすすんでこんな苦境に落ちた自分の愚かしさを呪いながら、待った。

しかし待つまでもなかった。数秒もしないうちに、ろうそくの光を受けて闇のなかから二つの眼が輝き出た。わたしは右手だけで銃をかまえ、すばやく狙いを定めた。と、その瞬間、まるで雷鳴のようにひびく歓喜の声をあげながら、闇のなかからとびだしてくるものがあった。ペッパーだ。いったいどうやって亀裂の側壁を這いおりてきたのだろう。ふるえる手で毛皮に触れてみると、ひどく濡れている。きっとわたしを追おうとして、水のなかに落ちたのだろう。しかし、たまり水から脱出することはむずかしくなかったと見える。

一分かそこら気をしずめるために立ちどまって、それから前進を再開した。ペッパーがしずかについてくる。古い仲間がいっしょだということが、なぜか妙にうれしかった。気ごころの知れた友として、わたしのかかとから離れずについてくる。不安がいくらか弱まった。わたしたちを包む闇のなかに、もしもなにか招かざる客が潜んでいれば、かれの鋭い耳がその気配を逃しはしない。

数分間、ゆっくり前進しつづけた。道は、あいかわらず一直線に家へ近づいている。もう家の真下に来たころだろう。道はそこまで伸びているはずだ。もう五十ヤード、用心してすすんだ。そのあたりで足をとめ、光を高くかかげた。偶然そうしたことが、思わぬ幸運になった。見ると、三歩はなれたところで道が終わっている。そのかわり、うつろな闇がポッカリと口を明けていて、それがわたしにとつぜん恐怖をもたらした。

細心の注意をはらって前進して、わたしはそっと闇のなかをのぞきこんだ。しかし何も見えない。そこで道の左手を踏みこえ、先にまだ道がつづいていないかどうか調べることにした。直壁の前で、小さな轍《わだち》がみつかった。三フィートほどの幅で、あいかわらずまっすぐに伸びている。わたしは用心してその轍にはいりこんだが、すぐにそばに失望が待っていた。すでに狭くなったその轍が、数歩もいかないうちにたんなる崖への迫り出しに変わってしまったからだった。片がわには堅固な巌《いわお》がはかりしれない闇のなかにそそり立ち、もう片がわは底無しの深淵となって一気に下へ落ちこんでいる。こんな狭い崖道の途中で攻撃を受けたりしたら、まず助かりようがないだろう。こういう場所では、手にした武器の重心が変わっただけでも、頭から淵にたたきおとされてしまう。

それでも何分かすすんでいくうちに、轍の幅がもとどおりにひろがりはじめる兆しが感じとれたときは、ひどく感激した。こんどは、すこしずつ右へ曲がっている。数分もすると、自分は前進しているのではなく、じつはこの巨大な奈落をグルグルまわっているだけにすぎなかったのだと気づいた。まちがいなく、この大きな道の終着点へ到達したのだ。

五分後、わたしは最初に足を踏みいれたのと同じ場所へかえりついた。ひとつの巨大な陥穽をつくりあげているらしいこの場所が、完全な円形だということになると、入口の差しわたしはすくなく見積もっても百ヤード以上あることになる。

わたしは頭をなやましながら、まだしばらくそこにたたずんだ。「これはいったいどういうことだ?」――そんな叫びが、頭のなかで谺しはじめた。

とつぜん考えがうかんだ。小石をひろおうとして、手さぐりした。まもなく、岩の破片と思われる手ごろな石がみつかった。ろうそくを一本、床の割れめに差しこみ、もういちど縁へもどっていって、とくべつ勢いも加えずに小石を奈落へ落としこんだ――要は、奈落の側壁にぶつからないで、底まで落ちてくれればいいのだ。それからわたしは身をのりだして、耳を澄ました。けれど沈黙はまったく破れなかった。すくなくとも一分間、闇からは物音ひとつしてこなかった。

奈落の深さは底が知れないことが、これでわかった。石は、もしもなにかにぶちあたれば、この奇怪な場所に無数の谺をひき起こせるぐらい大きいはずだ。事実、わたしの足音でさえいやになるほど谺したのだ。ここは恐るべき場所だ。ひき返せたら、どんなに気が晴れるかしれないだろう。できることなら、沈黙のなかでまもられている秘密をそのまますっぽかして逃げたかった。ただ、そうすることは自分の敗北を認めることになる。

そこでこの奈落のありさまを見てやろうという考えがふいに湧きあがった。穴のまわりにろうそくを並べれば、すくなくともおぼろな光景ぐらい見られるかもしれなかった。

数えてみたら、ろうそくは十五本あった――もともと、束にして松明がわりにしようと持ってきたものだ。それを、十二ヤードの間隔をあけて穴のへりに並べていった。

ろうそくの環を作りおえたところで、わたしは道ばたに立って、どうしたら下をのぞけるか考えた。しかし、この努力がまるで無益だったことに、すぐ気づいた。だいいち、光は暗闇をすこしも明かるくさせていないのだ。けれど、ろうそくの光があきらかにしてくれたことも、ひとつだけあった。入口の大きさにかんする自分の推測を、立証してくれたことだ。なるほど見たいものはなにも見られなかったが、しかし厚い闇に対抗して浮かびあがらせた明かりが、奇妙にわたしをよろこばせた。それは、地下の夜にひかる十五の星だった。

　そうして立っていると、ペッパーがとつぜん吼えた。それが谺を呼び、色合いをつぎつぎに変えながら響いていって、いつか消えた。わたしは、持っていたろうそくを一本とっさに高くかかげ、犬のようすを見た。それと同時に、悪魔の嘲笑にそっくりな物音が静かな〈窖《ピット》〉の深みから湧きあがってくるように思った。わたしは一瞬たじろいだが、すぐに、あの物音はペッパーの吼え声がひき起こした谺だろうと思いなおした。

　ペッパーはわたしのもとをはなれて、数歩先を歩いていった。そして岩だらけの床に鼻づらを押しつけだした。なにかなめまわしているようだ。ろうそくを低くして、犬に近よってみた。歩いていくと、靴底がグシャグシャ鳴った。なにかが光を照り返している。足の下を通って、一直線に〈窖《ピット》〉へ伸びていく光の筋。わたしはもっと腰をかがめて、それをみた。それから突如驚きにおそわれた。どこか道の上のほうから、巨大な穴の入口をめざして水が流れおちてくる。流れの幅が、一秒きざみに増している。

　もういちどペッパーが、低く長い吼え声を発した。それからわたしのそばに駆けてきて、外套をひっぱり、出口に通じる道へひきずっていこうとした。わたしは神経質にかれをふりはらった。そして大いそぎで左がわの壁へむかった。もしもなにかが近づいてくるといけない、それでわたしは壁を背にしようと思ったのだ。

必死に道をみつめていると、ずっと先のほうでろうそくの光を照らし返すものがあった。それと同時に、ささやくような振動音を次第に高めながら、ついに耳をつんざくような響きで洞窟を満たしていく物音に気づいた。巨人がすすりなくような、深くうつろな谺が、〈窖《ピット》〉から響いた。わたしは奈落をとりまく狭い尾根道の片がわにとびのき、体をむけなおして、わたしの前を通りすぎていく巨大な飛沫の壁をみつめた。それは、むこうがわの亀裂めざして騒々しく去っていった。飛沫の雲が頭からおそいかかって、手に持っていたろうそくを消し、わたしをずぶ濡れにした。けれど銃だけは握りとおした。水に近かったろうそくが三本も消えた。しかし遠くにあったほうは、ほんのすこし明滅しただけですんだ。さいしょの洪水がすぎてから、流れはもとの小さな筋にもどった。深さにして一フィートぐらいなものだろう。もっともそれがわかったのは、消えのこりのろうそくをあらためてとりなおし、それであたりを照らしはじめたあとのことだったが。尾根道のほうへとびだしたとき、ペッパーがあとについてきてくれたので心づよかった。こんどは気分も落ちついたらしく、わたしのすぐうしろを離れようとしなくなった。

短時間の観察で、流れが道幅いっぱいにまでひろがり、すさまじい勢いで押しよせてきているのがわかった。見るまに水深が増していくけれど、いったいなにが起こったのか、想像する以外に方法はなかった。きっと谷間の水が、なにかの原因で道に流れこんだのだ。ほんとうにそうなら、水量は急激にふえるだろう。そうなったら、もどるにもどれなくなる。そう考えると体じゅうが震えた。できるだけ急いで脱走しなければならない。

銃をつかって水深をたしかめた。もう膝ぐらいまで上がっている。それが〈窖《ピット》〉へ流れ落ちる際に発する轟音のすさまじさといったら、まるで鼓膜がやぶれるくらいだった。わたしはペッパーを呼びよせて、銃を杖がわりにしながら洪水のなかにはいりこんだ。水がすぐに膝のまわりで渦をまいた。流れる速度もはやかったが、太腿のいちばん上まであがってきた水量の増加ぶりもすさまじかった。一瞬は、足場をうしないかけた。けれど背後に待っているもののことを考えると、死にもの狂いにならざるをえないのだ。だからわたしは、一歩一歩先へすすんだ。

ペッパーがどうなったか、はじめは見当もつかなかった。足をうばわれないよう気を配るので精いっぱいだったからだ。それだけに犬がそばにあらわれたときは、びっくりしたし嬉しくもおもった。長く細い脚をもった大柄な犬だったために、わたしの場合より水圧を受ける割合はすくなくてすんだらしい。いずれにしろ、水にたいする対処のしかたは、かれのほうが一枚上手のようだった。道案内みたいに先をすすみ、知的に――あるいはわたしの助けになろうとでもするように、水の力をしのいでいく。一歩いっぽ、苦労しながらすすんで、ようやく百ヤードほどを乗り切った。ところがそのあと、これは自分の注意がたりなかったのか、場所が岩場でたまたますべりやすかったのか、それはわからないが、ふいに足をすべらせ、顔からもろに倒れこんだ。とたんに、水が瀑布のようにわたしを呑みこむと、底なしの穴にむかってすさまじい速度で体を押し流しだした。わたしは狂ったようにもがいた。けれど立つことはできなかった。あえぎ、溺れ、絶望にうちひしがれた。しかし、とつぜん外套を引っぱるものがいた。そのおかげでどうやら立つことができた。ペッパーだ。わたしのすがたを見うしなってから、すぐに暗い激流のあいだを衝いて捜しにもどってきたにちがいない。そればかりか立ちあがれるまで、わたしの体を支えてくれたのだ。

一瞬のことだったが、輝かしい光の斑《ふ》をいくつか見たような記憶がのこった。しかし、その印象を確認する機会がなかった。自分の記憶にまちがいがなければ、わたしは穴の縁まで押しながされたことになるはずだった。ペッパーが助けてくれた場所は、あの恐るべき亀裂のへりだったのだから、光の斑というのは、もちろんわたしが燃やしたまま残してきたろうそくの、遠い灯影《ほかげ》だったにちがいない。しかし、そうはいったものの、推測を確認する手立てがあるわけではなかった。目に水がはいり、とにかくさんざんな状況だ。

頼りになる銃もなく、灯もなく、しかも頭をひどく混乱させたまま、深まりゆく水のなかにわたしがいた。地獄のようなこの場所からわたしを救ってくれるのは、いまペッパーただ一匹だった。

わたしは激流にさからって立った。足場を一瞬でも保つ方法は、けっきょくそれひとつになった。いくらペッパーだって、これだけの恐ろしい水圧にそういつまでも耐えていられるわけがない。

一分が過ぎた。その一分間は、わたしにとってまさに一触即発の時間だった。それから、すこしずつ前進を開始した。死を相手とするもっとも過酷な闘いが、こうしてはじまった。しかもなお、わたしはそれに勝利しなければならなかった。必死に、しかし生存の望みは抱けずに、遅々として足をすすめた。忠実なペッパーがわたしを先導し、頭上に天の光が見えてくるまでひきずっていってくれた。出口だ。それから数ヤードすすんだだけで、出口にたどりつけた。水は渦をまき、飛沫をはなち、飢えたように腰のまわりを流れていた。

とつぜん襲いかかった洪水の謎が、ようやく解けた。外はひどい雨、文字どおりのどしゃ降りだった。湖水の表面が、亀裂の底と同位置まで高まっていた。いや！　それどころか、亀裂の底よりも高いのだ。まちがいなく雨が湖の水をあふれさせたのだ。異常な増水の原因は、これだった。しかし谷間が雨水でいっぱいになる率でいくと、穴の入口にとどくまでには雨が二日は降りつづかなければならない計算になる。

降下するのにつかったロープが、運よく、押しよせる流れに乗って、穴の入口に近づいてきた。その端をつかみ、ペッパーの体をしっかりと結んでやった。それから最後の力をふりしぼり、崖の側壁をよじのぼりはじめた。力つきる寸前に〈窖《ピット》〉の外縁へたどりついたわたしには、まだ、ペッパーを安全地帯まで引き上げる仕事がのこっていた。

ゆっくりと、しかもない力をふりしぼって、ロープをたぐった。一度か二度は、もうだめだとさえ思った。ペッパーは体重のある犬だったし、わたしの体力は限界に達していた。それでも、ここであきらめれば古い友が見殺しにされるのは目に見えていた。その予感が、わたしの努力に拍車をかけた。最後の場面については、もうおぼろな記憶しかない。不思議なほど遅くすすむその時間をただロープを引っぱるのについやしたことを憶えている。まるで永劫が過ぎたように思えたあと、〈窖《ピット》〉の縁にペッパーの鼻づらが見えたところまでは憶えていたが、しかしそれからあとはなにもかもがとつぜん闇につつまれてしまった。

13　地下室内の秘密

おそらく、わたしは気絶していたのだと思う。憶えているのは、眼をさましたことと、まわりがまっ黒だったこと、そのくらいだ。片脚をもう一方の脚の下に折りかさね、あおむけになって横たわっていた。ペッパーが耳をなめていた。体がひどく硬直していた。下になったほうの膝は、とっくに感覚をうしなっている。数分のあいだ、わたしは混濁状態のままで横たわりつづけた。それから苦労して上半身を起こし、あたりを見まわした。

雨はやんでいたけれど、樹々からは、まだ水滴がポトポトと落ちている。押しながれる水流のたえまないひびきが、〈窖《ピット》〉のほうから聞こえてくる。体じゅうが冷たく、わなないていた。服は濡れているし、節ぶしが痛んだ。麻痺した膝に、感覚がもどりはじめた。しばらくして、起きあがってみた。二度めに、どうやら起きあがれた。しかし足もとがまるで定まらない。病気にでもなっていくような気分だった。わたしは必死に家へむかった。足は進まず、頭の混濁も晴れなかった。一歩うごくたびに、するどい痛みが四肢に走った。

およそ三十歩も進んだころだろう、ペッパーの吼え声がわたしの注意をひいた。痛む体を、かれのほうにむけた。老犬がわたしを追おうとしている。しかし、かれを引きあげるのに使った索《ロープ》がまだ解かれておらず、ロープの一端がどうしても樹からはずれないために、それ以上わたしを追うことができない。わたしは力なく結びめをまさぐった。濡れている上に堅くて、どうにもならなかった。けれどナイフがあったのを思いだしたから、それを使って一分以内にロープを切りはなしてやれた。

家までどうやってかえり着いたか、ほとんど憶えていない。それにつづいた数日間のこととなったら、なおさらだ。けれどひとつだけたしかなことがあった。妹がしめした、倦《う》むことのない愛と看護がなかったら、わたしはいま、こうして筆をとってはいなかったろうということだ。

意識をとりもどしたとき、自分は二週間ちかくもベッドで眠っていたのだと聞かされた。それから、ようやく庭をあるけるようになるまでに、また一週間がたった。しかしそのころになっても、〈窖《ピット》〉まで出かける体力はもどらなかった。もちろん、水位がどのくらいまで上がったか妹にきいてみたかった。しかしこの問題を彼女に打ち明けないほうが賢明と、すぐに思いなおした。じじつ、それ以後は、この古く巨大な家で起きる怪事のことを、妹にけっして伝えない習慣ができてしまった。

気力をふりしぼって〈窖《ピット》〉へたどりついたのは、それから二日後だった。数週間行かなかったあいだに、〈窖《ピット》〉はすさまじい変化をひきおこしていた。三方崖にかこまれていた谷間が、いまでは寒々とした光を反射させる静かな湖水に変わっていた。水面は、〈窖《ピット》〉の縁《ふち》にあと六フィートというところまでせり上がっている。湖面が波だっているのは、ただ一部分にすぎない。そこには、巨大な地下の〈窖《ピット》〉に入口をうがったあの沈黙のせせらぎが流れだす場所の、ちょうど上にあたる。そこから泡が湧きでている。ときどき、変に大きな泡が、物音とともに底からあがってくる。それ以外、水底にひそんでいるものを見分けることはできなかった。そこに立っていると、この変化がまるで奇跡のように思えてくる。これで、豚の怪物どもがいた場所に通じる入口は、みごとに封印されたわけだ。その強大な威力が、怪物どもにたいする恐怖を忘れさせた。しかし、そうは感じても、あの怪物どもがやって来た場所にかかわる知識をこれ以上得られなくなってしまうことが、わたしにはなんとも口惜しかった。入口は完全にふさがれてしまい、人間の好奇心には手も出せぬ領域へ、永久に隠しこまれてしまったのだ。

奇妙なのは——地中の奈落について得た知識に照らしてみるとき——〈窖《ピット》〉という名前の、あまりに的確な表現方法だった。その名がいったい何時《いつ》、どうして創られたのか、興味をそそられずにはいられない。谷間のかたちと深さが、〈窖《ピット》〉という名を連想させたのだと推測するのは、ごく自然な結末だったけれど、そのなかによりいっそう深い意味を——この古い家の下方はるかな地中の内部に、もっと巨大な陥穽が横たわっていることを——暗示していると考えることはできないだろうかと、疑ってもみた。この家の下に！　いまこのときでさえ、そう考えるだけで恐怖と異和感をわたしの胸に満たす。なぜといって、あの〈窖《ピット》〉が疑いの余地なく家の地下に口をあけていることを証明したのは、わたし自身にほかならないからだ。わたしの家は、〈窖《ピット》〉の中心にある岩製の巨大な円天井のひとつに支えられているのだ。

このときの結論が、あとでたまたま地下室へ降りていったわたしに、上げ戸のある、あの巨大な地下室へ立ち寄らせたといってもいいだろう。大地下室に異状がないかどうか、わたしはしらべてみたかったのだ。

　その場所にはいりこんだわたしは、上げ戸に着くまで中心にむかってゆっくり歩いていった。上げ戸はそこにあった。上に、ちゃんと石が積んである。最後に見たとおりだった。ランタンを持ってきていたから、こんどこそ、その大きな樫蓋の下になにがあるかしらべる好機だった。ランタンを床に置き、上げ戸に積んだ石をどけて、環をつかむと、力いっぱい戸をひき明けた。そのとたん、下からわきあがったささやきのうずが地下室を満たした。同時に、湿った風が顔にあたった。こまかい飛沫を含む風だ。わたしは半分恐怖のまじった驚きを受け、大あわてで上げ戸を落とした。

　一瞬、わけがわからず立ちすくんだけれど、べつにとくべつ恐ろしかったわけではない。怪物どもがもたらしたとり憑《っ》くような恐怖は、もうわたしの心から落ちていた。しかし、心労と驚きに打たれたことは、はっきりした事実だった。そのとき、ある考えがわたしを襲った。わたしは重々しい戸を、興奮とともに引きあげた。こんどはそれを、明けられるところまで明けておいて、ランタンを握りしめ、膝這いになって灯を内部に差しこんだ。湿った風と飛沫が眼にあたり、一瞬わたしの視覚をうばった。しかし、両眼がはっきりしたときも、下の光景はあざやかではなかった。見えたのは、闇と、乱舞するような飛沫だけ。なにかを見分けることは不可能だと知って、わたしはポケットをさぐった。強い綱を一本取りだし、それをランタンに結んで上げ戸の口にたらした。けれど手もとをあやまって、指のあいだからランタンをすべらせると、灯が闇のなかに落ちていった。ほんの一瞬、落下していく灯を見た。光が、山なすような白い飛沫を照らしだした。八十から百ヤードほど下方だ。そのあとで灯は消えてしまった。しかし、瞬間的な目測は正しかった。湿気と物音の正体が、いまやっとわかった。この大地下堂は、上げ戸を通じて〈窖《ピット》〉と連結していたのだ。上げ戸は、〈窖《ピット》〉の真上にあたるのだ。湿気というのは、深淵へ落ちていく水流がわきあがらせる飛沫だった。

ある現象にたいする解答が、即座にあたまをかすめた。これまでわたしを悩ましてきた問題だった。攻撃を受けた最初の夜——物音がなぜ足もとから直接的に湧きあがってくるように思えたのか、という疑問があきらかになったのだ。はじめて上げ戸をひらいたとき聞こえた嘲笑の正体も、これでつかめた！　豚の怪物どもは、あの日たしかにわたしの足もとにいたのだ。

次のような考えがひらめいた。あの生きものたちは、ひとり残らず溺れ死んだのだろうか——と。いったい、あいつらが溺れるだろうか。わたしが撃った銃で敵が致命傷を受けたと信じられる証拠を、なんと見つけにくかったことか！　やつらの生命は、わたしたちのそれと同じものなのだろうか？　それともやつらは食人鬼だったのだろうか？　そんな妄想が頭をかすめていったのは、闇のなかにたたずみながらポケットをさぐってマッチを取りだそうとしたときだった。わたしは箱をもって火をつけ、上げ戸に近づき、それをもとどおりしめた。その上に石も置いた。そのあとわたしは、地下室をぬけ出した。

水流はきっと、すさまじい轟音とともに、底の知れぬ地獄の穴へ落ちこんでいることだろう。あの大きな地下室に降りていって上げ戸を明け、見通しもきかぬ湿った闇に踏みいってみたいという奇妙な欲望を、わたしはときどき抱いた。ときには、その欲望のはげしさに圧倒されることもあった。しかしわたしをかりたてるのは、たんなる好奇心ではない。それ以上に、なにか説明のつかない力が影響をおよぼしているようだった。けれど、わたしはまだ負けなかった。奇妙な欲望をじっとおさえるつもりだった。たとえそれが自滅につながる不純な考えだったとしても、それをあらためる気持はまるでなかった。

知覚不能の力が影響をおよぼしているという、わたしの考えかたは、たぶん理由のないものだろう。しかし、事実はその逆だということを、本能がわたしに教えてくれる。こういう状況にたちいたったら、頼りになるのは知性よりもむしろ直観のほうだ。

ついでに、もうひとつの推測を述べておこう。すこしずつではあるが、着実に重くのしかかってきた印象のことだ。印象とはつまり、わたしがとてつもなく奇怪な家に住んでいるということだ。まったく、そら恐ろしい屋敷だ。ここにとどまっていることが果たして賢明な行為なのだろうかと、悩みはじめるようにさえなった。しかし、かりにどこかへ移るにしても、その移転先でこれだけの静寂と、年老いたわたしの生活を生きるにあたいするものとしてくれる唯一のもの——つまり彼女の存在とを、ふたたび獲得できるかどうかは大きな疑問だ。*

＊　最後の一文は、あきらかに意味のない挿入である。そうしたできごとにかんしては、草稿のなかにまだ一度の言及もあらわれていない。しかし次の章で語られる物語が、この一文に記された事情をはじめて明白なものにしてくれるだろう——編者

14　眠りの海

最後の事件を日記に書きつづってから、ずいぶん時間がたった。本気でこの家を離れようと考えたこともある。いや、ひょっとしたら、ほんとうに家を棄てていたかもしれない。これから書こうとする、あの偉大で、すばらしいできごとがなかったら、わたしはおそらくここを、永久に棄てていただろう。

未知であり、なお理解の方法もない怪事件がもたらした数知れない幻影や光景にさいなまれながら、よくここまで家にとどまってこられたものだと、自分でも思う。その気持がもし途中でくじけていたら、愛する彼女の顔を見ることなど、けっしてなかったにちがいない。そうだ、彼女のことは誰も知らない。妹のメアリ以外に、愛して、しかも失った女が、わたしにもいたことを——誰も知らない。

甘く、なつかしい、あの日々の思い出を、いま書こう。あの思い出を語ることは、古傷をかきむしるのに似ている。しかしあのできごとを体験したいま、わたしにはどんな苦しみもどんな痛みも気にならない。彼女は、未知のかなたからわたしのもとにやってきた。奇妙なことに、彼女はわたしをまもってくれた。この家の魔力から、熱心にまもってくれた。ここから離れてくださいと、わたしに哀願した。けれど、わたしが他の土地に移ってしまえば、もう彼女に会えなくなることが、あとでわかった。それにもかかわらず、彼女は熱心に転地をすすめた。ここは遠い昔〈悪〉に占領された、人間には未知の過酷な法則に束縛されている恐ろしいところだからと、何度もくり返して。しかしわたしは――もういちど彼女にたずねた。わたしがどこへ行っても、会いにきてくれるか、と。すると彼女は、黙ってたたずむばかりだった。

わたしが〈眠りの海〉――彼女はあの愛らしい声でそう呼んでいた――にやってくるまでの経緯《いきさつ》を、つぎに書いておきたい。ちょうど、書斎で読書していたときだった。本を読んでいるうちに、うたた寝をしてしまったにちがいない。わたしは急に眼をさまし、おどろいて上半身を起こした。なにか普通でない混濁感を抱いて、すばやくあたりを見まわしてみた。部屋のなかが妙にもやもやしている。テーブル、椅子、家具、どれもが不思議な柔弱さを帯びている。

もやもやした雰囲気が、さらにひどくなった。霧状のものは、虚無から湧いて出てくるようだった。それから、やわらかい白光が部屋のなかに輝きだした。ろうそくの灯が、そのなかで青白く光っている。すみからすみをながめまわして、家具がまだ肉眼でぜんぶ見えることを確認した。しかし、どこか異様で亡霊のそれを思わせるような非物質性が、あの堅牢な調度類にとりついてした。見ているうちに、家具類はすこしずつ色うすれていき、やがて、そのすがたを消してしまった。わたしはもう一度ろうそくを見つめた。寒ざむと輝くろうそくも、眼の前でどんどん現実味を失い、やがてフッと消えいった。

部屋はいま、かすかだが螢光を帯びた白光に満たされていた。やわらかい光の霧に取りまかれたように。けれど、それ以上のことはわからなかった。壁さえもが消えてしまった。

まもなく、わたしを包む沈黙を通して脈搏《う》ちかけてくるかすかな連続音に、興味をひかれだした。わたしは気を締めて聞きいった。音は次第に高まっていき、大海の息吹きを思わせる響きとなった。その間に、どれほどの空間《スペース》が過ぎさったことだろう。しかし、しばらくすると霧の先が見通せるようになった。途方もなく巨大な沈黙の海をふちどる渚にたたずんでいる自分が、だんだん理解できるようになった。この渚はなめらかで、しかも長い。右から左に、果てもなくひろがっていく。眼前には、眠れる大海のさらに広大な海面が、波立ちながら横たわっている。ときどき、水面下から弱々しいひらめきが見てとれる。それが何かは、もちろんわからない。背後には、これもまたおそろしく高い、黒くいかめしい断崖がそそりたっている。頭上を覆う空は、一様に灰色を帯びている——どこもかしこも、青白い炎を燃やす巨大な球によって照らしだされている。その球は、遠く水平線のあたりに見え、静かな海面から、泡のような光を放っている。

海のやさしげなささやきのかなたに、深い静寂がひろがっていた。しばらくのあいだ、わたしはその異様な光景を見つめながら、その場に突っ立ちつづけた。見ているうちに、海洋の、深みから白い泡が湧きあがってくるように思えてきた。そして、今でも解《げ》せないでいるのだが、気がつくとわたしは、彼女の顔をのぞきこんでいた——ああ！　彼女の顔を——彼女の魂を——そして彼女じしんも、どんな障害をふり切ってでもそばへ駆けよっていってやりたくなるほどの、歓びと悲しみをこもごもにあらわした顔で、わたしを見つめていた。不思議なことに、恐怖と希望の遠い記憶が生みだした苦悶のそのなかで、わたしは彼女を呼び寄せようと必死に叫んでいた。

けれど、叫び声にもかかわらず、彼女は海面の上に静止していた。ただ、悲しげに首をふるばかりだった。けれど彼女のひとみには、古く優しい大地の光が宿っていた。わたしが彼女と別れる前に、なによりもまずこころひかれたのは、その光だった。

彼女の反応ぶりを見て、わたしは絶望におそわれた。海をわたって、彼女のそばへ行こうとも思った。しかし、そうしたくても、できるわけがなかった。なにか目に見えない障壁が、わたしを先へ行かせてくれなかった。だから、いまいる場所にとどまる以外に方法はなかった。ただ大声をあげて、魂の絶叫を彼女に送りとどけるだけが、わたしの能力のすべてだった、「ああ、いとしい人、いとしい人――」と。けれど、胸を熱くする激情のために、それ以上はなにひとついえなかった。するとそのとき、彼女がいつの間にか海をわたり終え、わたしに膚を触れた。まるで天国がひらかれたような歓び。だのに、わたしが手を差しのべたそのとき、彼女は、優しく、しかしおごそかな態度でこの手をふりはらった。おもわず顔が赤らんだ*――

＊　――手記はここで解読不可能になる。この部分の用紙が、ひどい損傷をこうむっているためだ。そこで以下に、判断可能な部分だけを断片的に紹介しておく――編者

断片

（損傷がはげしい数葉の書面から、判読可能な部分だけを抜きだしたもの）

……涙のなかで……耳に永劫の呟きを残しながら、二人は別れた……愛する人よ。たとえようのない、この悲しみは！……

多くの時間を眩暈《めまい》のなかで過ごした。それから、夜の暗黒に自分の身を置いた。もういちど、なれ親しんだ宇宙にかえってきた。しばらくするうちに、厖大な暗黒のなかを抜け、星々の群れに混じりこんだ――巨大な〈時《タイム》〉……遠く、はるかな太陽。

外宇宙の恒星群から、わが太陽系をわけへだてる奈落に、足を踏みこんだ。太陽系を分ける闇を超えながら、わたしは、輝きと大きさを確実に増していく太陽を見つめた。いちど、後方の星星をふりかえったが、巨大な暗黒を背景にして、星々はもとあったとおりの配列をとりもどしていた。飛行する自分の魂は、すさまじい速度で飛んでいた。

やがて太陽系が近くなった。木星の輝きが見えだした。冷たく青い地球の光も、すぐ見分けられるようになった……まさに当惑の一瞬だった。太陽のまわりはひどく明かるく、惑星群が高速度で回転していた。太陽のあらあらしい輝きに近いところで、鋭い光輝を放つ点が二つ動いている。それよりもずっと遠くには、青く光る点が浮かんでいる。地球にちがいない。地上なら一分にも満たない短時間で、光の点は太陽の周囲をめぐっている。

……速度がついているおかげで、太陽系との距離はずっとちぢまった。すさまじい速度で回転する木星と土星の輝きが見えた。さらに近づいて、この奇怪な光景を見た――母なる太陽をめぐる惑星群の軌跡、まるで〈時《タイム》〉というものが破滅したように見える光景。一年の長さは、肉体を棄てたわたしの魂にとって、ほとんど無にひとしい。ふるい地球的な感覚でいう「一瞬」よりも、もっと短い。

惑星の公転速度が増していくようだった。やがて視線が太陽に釘づけされた。異質な色彩の、髪の毛みたいに細い線が、円環状に太陽球をつつんでいた——猛スピードで飛んでいく惑星の軌道が、〈中央の炎〉を取りまいている……

……まるでわたしを出むかえるように、太陽が大きさを増した……わたしはいま、外殻をめぐる惑星群の軌道内にはいっていた。炎の霧を思わせる青い軌線のあいだで輝く地球が、おそろしい速度で太陽のまわりをめぐっている地点へ、急速に近づいていく……[*]

＊——原稿の損傷がとくにひどく、これから先の部分は判読が不可能になる。文面がもういちど判読可能な状態に戻るのは、「夜の音響」と題された次の章以降である。——編者

15　夜の音響

この神秘に満ちた家のなかで起きた怪事件のうち、もっとも奇怪をきわめたできごとを、これから書こうと思う。それが起きたのは、つい最近——それもまだ一ヵ月さえ過ぎてはいない。しかしそのできごとこそが、事実上、一連の怪事に終止符を打つものだったという推測に、わたしは確信めいたものをもっている。とにかく、物語をはじめよう。

いったいどういうふうに書きはじめたらいいのだろう。今日のこの日まで、そのできごとを起こったとおりに書きあらわすことができずにきた。精神のバランスを取りもどすために、また、わたしが見聞きした〈できごと〉を咀嚼《そしゃく》するために、時をかせぐ必要があったのかもしれない。もっとも、それは望ましい状態ではあった。時をおくことによって平静をとりもどし、客観的にものをみられるようになってから、事件の一部始終を考察しなおしたほうが、真実により近い記録をのこせるからだ。顛末《てんまつ》を述べてみよう。

今は十一月の末だが、事件というのは同じ月の第一週にもちあがった。

その夜、十一時ごろのことだった。ペッパーとわたしは、書斎でくつろいでいた——本を読んだり、書きものをしたりする、あの大きくて古い部屋にいた。どうしたわけだろう、よりによってわたしは、そのとき聖書を読みふけっていた。近ごろ、この偉大な太古の書に興味を抱きはじめていた。とつぜん、明白な震動が家を揺るがした。弱々しく遠い、うなるような響きが聞こえたかと思うと、それが急激に、口ごもるような金切声に変わった。その物音は、ぜんまいが切れて、バネがもどったとき時計が発する、あの金属音を思い出させた。それをもっと奇妙に、もっと大規模にした音だったといえば、わかってもらえるだろうか。物音は、どこか遠い高みから——闇に閉ざされた上空から聞こえてきたようだった。震動は、それっきりでやんでしまった。ペッパーのほうをのぞいてみると、かれはスヤスヤ眠っていた。

なにかの回転音に似た低いうなりが、少しずつ静まって、やがて長い沈黙がおとずれた。

裏手の窓が、出しぬけに明かるくなった。家の側面から外へ迫《せ》り出す造りの窓だったために、そこからなら東や南の方角をのぞけた。わたしは当惑を感じてしばらく逡巡したあと、部屋をよこぎり、ブラインドを明けてみた。遠い地平線から、太陽の昇るのが見えた。昇るようすを肉眼で観察できるほど、着実で正確な動きだった。太陽が上空へむかっていくすがたを、目で追うこともできた。一分もたたぬうちに、太陽は、わたしの視野にかかっている樹木のいただきへ達した。上へ、上へ——もう、あたりはまっ昼間だった。後方で、蚊の羽音にそっくりな物音を聞いた。あたりを見まわし、それが時計から出る物音であることを確認した。見ている間に時計の針がクルクルと動いていくのだ。長針は、通常みられる秒針よりずっと速い速度で、文字盤を通過している。文字盤の内がわをまわる短針の動きも、ひどく速い。わたしは驚きに打たれて立ちすくんだ。たぶん、その一瞬あとだと思うが、ほとんど同時に二本のろうそくが消えた。いそいでふりかえり、窓辺にかけもどった。まるで窓の外を巨大なランプが通りすぎていったように、窓をふちどるさんの影がこっちへ伸びて来ていた。

太陽は、もう空高くのぼっていたし、その急激な運動を停止させてもいなかった。異常な急速度で、わたしの家の屋根をかすめていった。窓の外が翳《かげ》ってきたとき、わたしはまた異様なものを目撃した。晴れた空にうかぶ雲は、もう気ままに空を流れてなどいない。時速百マイルの風にあおられるように、右往左往している。そして流れ去るときは、魔法の筆で描く絵みたいに、一分間に千回もすがたを変えていく。すがたを変えて、消えていく。まもなく別の雲が来て、同じように消えていく。

西に太陽があった。信じられないほどなめらかで、またすばやい動きをしめしながら、没していく。東の方向では、見なれたものすべての影が、やがて来る薄闇にむかってはやくも這いすすみはじめた。そんな影の動きも眼で追える。風に乱された森の影も、しっかりと、もだえながら這いよってくる。それは、たしかに奇怪な眺めだった。

部屋が見るまに暗くなった。太陽が地平線下に落ちていく様子は、まるで一息に眼前から引っぱり落とされるようだった。性急におとずれた夕闇のなかに、南空から出て西空へ落ちていく月の、角《つの》みたいな銀色の輝きを見た。なにもかもが、ほとんど一瞬のうちに夜のなかへ溶けこんでしまうようだった。奇怪な〈静寂〉の環を描きながら、多くの星座が頭上を過ぎて西の方向へ流れていった。月は、夜という名の淵をささえる最後の千尋《ひろ》を落下していった、だからいま見えるは星明かりばかりだ……

この時になると、一隅で聞こえていた唸りがやんだ。ぜんまいの逆戻りがおさまったのだ。数分過ぎて東の空を見あげると、そこはもう赤みがさしていた。

灰色に染まった陰気な朝が、ありとあらゆる暗闇の上にひろがって、星座の群れを隠した。頭上では、灰色の雲に閉ざしつくされた巨大な空が、重々しい、終わりのない流動をくりかえしていた――これがもし平常の一日であったらまったく不変に見えるような、雲だらけの空。太陽は見えなかったが、ときおりフラッシュのように、光と闇、光と闇が、微妙な明暗をいりくませた雲の波間から地上を照らしだした……

光は西へ移り、やがて地上に夜がおとずれた。ものすごい雨と、すさまじいばかりに荒れ狂う嵐は――一晩吹きあれるはずだった嵐の叫びをたった一分に圧縮したような、驚くべき轟音を発するその嵐は――まるで夜がひき連れてきたかのようだった。

この猛威が過ぎ去ったあと、ほとんど間もおかず雲が割れた。おかげで、もういちどほんとうの空を見ることができた。星々が、信じられぬほどの速度で西に移ろうとしていた。そのときやっと、嵐の騒音が過ぎ去ったいまも消えない余韻が、まだわたしの耳のなかでこだましていることに気づいた。それからふと、この音はいつもわたしの耳から離れない震動音なのだと、思いなおした。これは地球の騒音なのだ。

こうして、わたしが数多くの新知識を獲得しているあいだに、東の空が明かるくなった。二つか三つ動悸を打つひますらないままに、太陽が急速に天へ昇った。樹々を通して、わたしは太陽を見つめた。やがて太陽が樹々の上に現われた。上へ、上へ――太陽は昇り、あたり一面に光を降りそそいだ。急激で、しかも停滞を知らない動きを見せながら、太陽は南中し、やがて西の方向に傾きはじめた。頭の上を、一日が眼に見えて変化していった。うすい雲がすこし、北へ流れていって、そのまま消えた。太陽は、まさに「つるべ落とし」だ。数秒もたたないうちに、あたりがけむるような暮色につつまれた。

南と西のあいだに、月が急速に落ちようとしていた。もう夜がやって来たのだ。それから、一分とはたたぬうちに、暗く残された空の深みを、月がすっかりとよぎり去っていった。つぎの一分が過ぎたとき、東のほうから空が明かるくなりはじめた。太陽はおどろくほどの速度で昇り、糸を引くようにして天頂へむかった。そのとき、新しい発見が急に視線をとらえた。黒い雷雲が南から湧きあがり、一瞬のうちに半円形の空を埋めつくすように思われた。ひろがっていく黒雲の縁《ふち》が、まるで天をつつむ巨大な外套のようにはためいていた。なにか無気味な暗喩をくちばしろうとしているのか、はげしく、しかも不規則に、はためいていた。たちまち大気が雨をはらんだ。百以上のいなづまが、一個の巨大なシャワーさながらに地上を襲った。地球の騒音が風のとどろきにかき消されたのも、それとまったく同時だった。度胆をぬかれるほどすさまじい雷鳴が、耳に苦痛を送った。

この嵐のただなかに、夜が到来した。そして、わずか一分という時間が過ぎ去るのさえ待たずに、嵐が遠ざかった。耳に響くものは、またあの〈地球の騒音〉だけになった。頭上では、星々が西にむかって流れ去ろうとしていた。そんな星々の光景が――おそらく星々が獲得した恐るべき速度が、はじめてわたしに、回転しているのは地球自体なのだという事実を、冷酷に突きつけた。するととつぜん、巨大で真黒な球体が——わが地球が、星々のあいだで急激な自転をおこなっている光景が、眼にうかんできたようだった。

夜明けと陽光が先を競うように現われた。それだけ地球の回転がはやまった証拠だ。太陽は巨大な弧をえがきながら、天空に昇った。天頂をすぎて、一気に西の空に落ちていき、ついに消えた。夕暮れは、あんまり短かすぎて、ほとんど感じとれないありさまだった。飛ぶように移動する星座と、西へ急ぐ月を、わたしは見つめつづけた。わずか数秒のうちに、月は蒼い夜空をかすめて消えた。すると休むまもなく、朝がやって来た。

すべてが奇妙にその速度を増しはじめたようだった。太陽は、一本の、はっきりとした光筋を空に残して、西方の地平線に消えた。夜も、おなじような急速度で行き来した。

次の日が地上を訪れ、去っていったとき、とつぜん大地に雪が降りつもったのを発見した。夜が来ると、すぐに昼がつづいた。一瞬のうちに通過していく太陽の光で、すでに雪が消えていることを知った。そして、もういちど夜が訪れた。

状況は、以上のようなものだった。数多くの怪事件を経験した末に、わたしは、このとてつもなく深遠な驚愕のただ中に叩きこまれたのだ。太陽が昇って、数秒のうちに没する光景を見、そのあと月が――いつも蒼白く光る球体が――夜空にあらわれ、奇妙な高速度で広大な青い虚空を通過していく光景を見、それにまた、月を追うようにして東天からとびだしてきた太陽を見、ふたたびめぐった夜には幻のように飛び去っていく星座群を見たわたしに、自分の眼を信じろと命じるほうが無理だった。それでも事実は厳然とそこにあった――一日が夜明けから夕暮れにすべりこんでいき、それと同じようにすばやく、いやそれ以上にすばやく、夜が昼に変わっていった。最後に見た三回の太陽の通過が、雪におおわれた地球をかいま見せてくれた。夜になるとそれは、たった数秒のことでしかなかったけれど、不断に位置を変えていく月の流動的な光を受けて、信じられないほど無気味に見えた。ときに、揺れうごく鉛色の雲塊が海のように空をおおいつくしたりすると、昼夜の推移に応じて、雲自体が暗くなったり明かるくなったりした。

雲が割れて、どこかへ吹きとばされた。すると、急速度で天をめぐる太陽の幻影と、影のように行き来する夜が、わたしの前にもういちどすがたを現わした。

地球は、いよいよ高速で回転していく。いま昼と夜とは、それぞれにわずか数秒の間《ま》しかおいていなかった。そして速度は、あいかわらず増加しつづけた。

太陽が背後に炎の尾をひくようになったのは、それからすこしあとだった。天空を通過する速度が、あまりに増加しすぎたためと、原因はわかっていた。一日ごとにその速度を増していくあまり、太陽はやがて、わずかな間隔をおいて空をよこぎる、巨大な炎の彗星*に変わっていった。夜に見た月は、事実その彗星の妄想をもっと明白に呈示していた。冷たい炎の尾をひいて、天空を高速度で走りぬけていく、蒼白くて奇妙に澄んだ球体。星々はいま、闇に浮きたつごくか細い炎の髪の毛にしか見えなかった。

＊　原著者は、彗星にたいして大衆が感じている概念を意識して、故意にそれに合わせて描写しようとしている——編者

いちどだけ、わたしは窓辺をはなれて、ペッパーをふりかえった。一日が明滅するあいだに、ぐっすり眠っている老犬の状態を確認した。そのあと、ふたたび外界の観察にとりかかった。

東から西へ移りきるのに数秒しか要さないような、ばかでかいロケットそのままの太陽が、東方の地平線から昇ってきた。空をよこぎる雲を確認することさえできなくなった。どこかが多少暗くなったという程度しか認識できないのだ。短い夜は、夜本来の暗さをうしなったようだった。そのために、細い髪の毛みたいな光筋に変わった星々も、ただおぼろげに見えるだけになった。速度が増すにつれて、太陽は空を通過する道すじを、南から北へすこしずつ揺るがしはじめた。

こうして、奇怪な錯乱のただなかを、何時間かが過ぎていった。

そのあいだペッパーは眠りつづけた。やがて、孤独と錯乱に耐えきれなくなったわたしは、そっとかれを呼んだ。しかし犬は気づかないようだった。もういちど、こんどは声をすこし大きくして呼んでみたが、やっぱり動かない。そばに行って、かれを眼覚まそうと足で触れた。しかし、足が触れたとたん、老犬はゆっくりと崩れ落ち、灰の山に変わった。それも道理だ、かれは文字どおり、そしていま現実に、骨と灰だけの黴《かび》くさい塊りに崩壊していたのだから。

およそ一分間、わたしは、かつてペッパーと呼ばれていた無残な灰燼を見おろしつづけた。わたしはめまいを感じながらたたずんだ。いったい、なにが起こったというのだ！――そう自問してみた。灰色の小さな山が持つ冷酷な事実を、すぐにはとらえられるわけがなかった。足で灰の山をくずしながら、わたしは、こんな現象はよほどの長時間が過ぎないかぎり起こるはずがないと考えてみた。年《イヤーズ》――そして年《イヤーズ》――

外では、あきあきするような灰色の空が、明滅をくりかえしながら地球をつつみこんでいた。その下でわたしは――絨毯の上にこんもりと盛りあがっている塵と骨の山がいったい何を意味しているのか、それを理解しようと苦悩しながら、たたずんでいた。しかし頭が混濁して、考えることができない。

部屋じゅうを見まわしてみた。部屋のなかがひどく古ぼけ、厚く埃《ほこり》を被っているような感じを受けるのを、そのときはじめて知った。どこにも塵や埃がたまっている。すみのほうには塵が山のように盛りあがっているし、家具の上や周囲にも埃がひどい。絨毯そのものからして、うすい埃の層に覆われていて地色が見えない。いたるところに、同じ物質が降りつもっている。上を歩くと、足もとから雲のような灰燼が舞いあがる。乾いた黴の匂いが鼻を襲い、咽喉にしつこくからみつく。

ペッパーの死骸にもう一度視線をおとしたとき、わたしはとつぜん足をとめ、当惑の声をあげた――ほんとうに年月が過ぎ去っているのだろうか、それとも、自分では幻影にちがいないと思っていたこれらのできごとは、現実そのものにほかならなかったのだろうか？　そう自問して、わたしは思わず足をとめた。新しい考えが心にひらめいた。わたしは大あわてで――ただしそのときはじめて気づいたのだが、まったく心もとない足運びで部屋をよこぎって――大きな姿見のそばへたどり着き、それをのぞきこんだ。煤《すす》がひどくて、鏡面になんの像も映らなかった。わたしは、震える手で煤をはらいだした。しばらくすると姿が映るようになった。そして、さっき思いついた考えを確認することができた。五十歳という年齢をほとんど感じさせないたくましい大男だったわたしが、衰えて腰の曲がった、あわれな老人にかわっていた。肩が落ち、顔は一世紀の齢《よわい》を刻みつけたように皺だらけだった。数時間前までは石炭のように黒かった髪が——いまは銀白色に変わっていた。ただ眼だけが輝かしかった。わたしは、その老人のなかに、昔のわたしをかすかに思い起こさせる面影を、すこしずつたどっていった。

わたしはふりむき、よろめきながら窓辺にむかった。わたしが齢をとったことを、いま知った。その知識が、震える足もとを落ちつかせたようだった。窓辺にもたれて、しばらくは不断に変貌してやまないおぼろな眺望にながめいった。たったそれだけのあいだに、また一年が、横柄な身ぶりで過ぎていった。わたしは窓辺をはなれた。そのとき、手が老齢のために痙攣しているのを知った。一瞬の嗚咽《おえつ》が咽喉を絞めあげた。

わたしは、テーブルと窓のあいだを震えながら歩きまわって、時をつぶした。視線があちらこちらへ飛んだ。部屋の光景は、まったく荒涼としている。どこも埃《ほこり》が厚く積もっていた——厚く、単調に、しかもどす黒く。暖炉の灰止めは、もうすっかり錆ついた。真鍮でできた時計のおもりを支える鎖も、長い年月のあいだに錆をふいていた。おもりのほうは、とっくの昔に床に落下している。緑青のこびりついた円錐形の金属体ふたつが、そのおもりのなれのはてだ。

あたりを見まわしていると、部屋に置いてある家具そのものが眼前で朽ち果てていくようすを観察することができた。これは、勝手な妄想などではない。その証拠に、側壁にとりつけた書棚が、朽ちた木材の割れる音とともにとつぜん落下し、納めていた書物を床にぶちまけ、部屋じゅうを微細な埃で満たしこんだ。

　疲労ははげしかった。歩くたびに、乾いた関節がキイキイ軋む音を、聞きとれるほどだった。それから妹のことが気になった。彼女もペッパーと同じように、死んでしまったのだろうか。すべてがあまりにもとつぜんに、あまりにも性急に起こりすぎた。これこそが、万物の最期を暗示する序曲だったにちがいない！　とにかく妹のところへ行ってみることにした。しかし疲労感ははげしい。それに最近は、これらの怪事にたいする彼女の眼が異様になった。最近だって！　わたしはそのことばを反復し、そのあとで大声でわらった――自分がおろかしくも半世紀も前のことを〈最近〉といったことに気づいたから、弱々しく冷酷に笑った。半世紀か！　いやひょっとしたら、その倍の時間が過ぎたのかもしれない！

　わたしはゆっくりと窓辺に近づいた。そしてもう一度地上を見おろした。こんな状態では、昼と夜の移り変わりを、たんに巨大で重厚な明滅のくりかえしと表現するのが精いっぱいだった。一度明滅するごとに、時間の速度は速くなっていく。夜になって、わたしは月を見た。蒼白い炎の尾を揺らし、たんに一本の線から星雲のような放射線にまでその光筋を変化させ、ふたたび一時的な消滅にいたろうとする、光線としての月を。

　昼夜の明滅が速度を増した。昼間が月に見えて暗くなり、大気のなかに奇妙な黄昏《たそがれ》を落とすようになった。夜の部分は大分明るくなって、そのために星がほとんど見えなかった。ときおりどこかに見えるのは、髪の毛みたいに細い光の筋だけで、それは月といっしょに少し震えているように見えた。

昼と夜をわかつ明滅は、いよいよ速度を増していった。そして突如、その明滅が途絶えたように思えた。かわって、比較的明かるい安定した光が地上を占領した。北と南にむけて巨大な上下運動をくりかえす永遠な炎の河からあふれ出たその光が、世界のいたるところを照らしだした。

空は、極度に暗さを増していた。青い虚空に、まるで厖大な暗黒が天空のすき間から地上をのぞくような、重々しい暗さをひろげていた。けれどそのなかには、奇怪で恐るべき鮮明さと、空虚さとが、共存していることもたしかだった。規則的にあらわれるおぼろな光筋で、太陽の流れにむかう薄く暗い光をみた。それは、消えたり現われたりしていた。これこそが、もう人間の眼ではほとんどとらえられなくなった月の光筋だった。

大地の光景を見つめているうちに、ふたたびその〈ひらひらと飛びまわるもの〉の不鮮明な軌跡をみとめた。巨大な回転運動をくりかえす太陽の光筋から来る光なのか、それとも地球表面に起こった信じられないほど急激な変動のためなのか、原因はあきらかでなかった。そして規則的な間隔をおいてめぐってくる数瞬に、いつも雪が突如として地上に積もった。まるで白衣をかなぐり捨てた透明な巨人みたいに、その雪は、また突如として地上から消えた。

時が飛ぶように過ぎていった。疲労はもう極限まで達していた。わたしは窓辺をはなれて、いちど部屋をよこぎった。厚い埃が足音を吸収してしまう。一歩一歩すすむたびに、その一歩にかける労力が前よりもいちだんと増していった。関節という関節、そして四本の肢すべてが、疲れてあぶなっかしい足をひきずるたびに、耐えられないほど痛んだ。

反対がわの壁ぎわで、わたしは弱々しく息をついだ。どうしてここへ来たのか、なんとなく不思議だった。左手を見ると、愛用の椅子があった。それに坐ろうと思ったことが、当惑と悲嘆のなかにあったわたしを、ほんのすこしなぐさめてくれた。しかし、疲れ、年老い、倦《う》み病《や》んだわたしであってみれば、たんにたたずむ以外のことを自分に命ずる気力は、残っていそうになかった。心だけが、あと数ヤード歩いていきたいと、ねがうばかりだった。たたずみながら、わたしは考えた。休むのなら床だっていいじゃないか、と。けれどそこは、厚く、眠く、またどす黒く、永劫の埃が積もっていた。わたしは必死の思いでふりかえり、椅子にむかった。そこにたどりついたとき、わたしは感謝のことばをあえぎながら、クッションに沈みこんだ。

周囲にあるすべてのものが、暗くなっていくように見えた。どれもひどく奇妙で、信じられない現象だった。最後の夜のわたしは、年齢にもかかわらず比較的肉体に余力を残していた。なのに今は、この現象が起こってからまだほんの数時間しかたっていないのに、このありさまだ――！わたしは、かつてペッパーの死骸だった小さな灰の山を見た。数時間だって！　わたしは笑った。弱々しく、苦《にが》い笑いだった。かん高く、ひび割れるような、暮れていくわたしの感覚を揺り動かすような、そんな笑いだった。

しばらく仮眠に落ちたようだ。わたしは驚いて眼をさました。どこか部屋のむこうで、ドサリという不明瞭な落下音がひびいたからだった。眼をすえて見ると、塵埃の山をつつむように、煤けた雲がただよっていた。ドアの近くで、なにか別のものが金属音を発して落ちた。脇戸棚のひとつが落ちたのだ。しかしわたしは疲れていた。眼を閉じて、眠りこむような、気を失うような状態で、椅子に坐りこんだ。一度か二度――まるで厚い霧のかなたからひびいてくるような――

ある物音をかすかに聞いた。そのあと、わたしは正体もなく眠りこんでしまったにちがいない。

16　覚醒

わたしは驚きとともに眼をさました。自分がどこにいるのか、一瞬は見当もつかなかった。それから記憶がもどってきた……

部屋は、あいかわらず、陽光とも月光ともつかない奇妙な薄明に照らしだされていた。気分は晴れていたが、疲労がひどく、にぶい痛みも残っていた。ゆっくりと窓辺に寄っていき、外をのぞいた。頭上に、炎の川が見えた。北と南に、踊るような炎の半環を描いて流れている。それは、時のまどろみのなかで年月がみのらせた収穫を踏み延ばしていく、巨大な橇《そり》のようだった――とつぜんそんな連想がわたしをおそった。なぜなら、時の通過はいますさまじいばかりに加速され、そのために、東から西に移動していく太陽のすがたは、もうどんなことをしても見つからなかった。外見上、どうやら動いているとわかるのは、北と南に延びる太陽の流れだけだ。それもいまは、たんに速いというよりも、震動するといい換えたほうがいいくらい高速化しようとしている。

外を眺めていると、〈外宇宙〉のあいだを最後に旅したときの*、おぼろげな、記憶が急に浮かびあがった。ずっと以前太陽系に接近したとき、高速で太陽のまわりをめぐる惑星群について抱いたわたしの印象――ちょうど、時の持っていた支配的な性質がひどく不安定な状態におかれ、ほんの数瞬、あるいは数時間のうちに、宇宙の機械に永遠の停止状態がおとずれたかのような、――あの刹那的な幻影を、わたしは思い出した。その記憶は、自分が遠い未来空間を一瞥する幸運にあずかったという事実にたいする、ごくなまはんかな認知をともないながら、いつのまにか過ぎさっていった。

＊　明らかに、汚損したり紛失したりして解読できなかった部分に描かれていたはずの経験を示している。くわしくは一二八頁の〈断片〉を見よ――編者

わたしはもう一度、太陽がつくりだす一筋の光の帯を、なかば無意識にみつめた。光の帯が震えている。そうするあいだにも、速度が増していくようだった。見つめるあいだに、人間の一生を数倍上まわる時が過ぎていった。

自分がまだ生きているという事実が、異様な重みとなって胸を衝いた。ペッパーの死骸を思い返し、自分がなぜかれのように朽ち果てなかったのだろうかと、頭を悩ました。老犬は寿命をまっとうした。犬が死んでからもなお、はかりしれないほどの年月が過ぎているはずなのに、わたしはこうしてここに生きている。人間の寿命として適当な年月を超えたあとも、すでに無限の世紀にわたって生きつづけている。

しばらく、ぼんやりと考えにふけった。「きのう――」わたしは急にことばを止めた。きのうだって！　きのうなどという日は、もうないのだ。わたしが口にだした〈きのう〉は、とっくの

昔に、歳月のまどろむ時の奈落に呑みこまれてしまった。考えれば考えるほど眩暈《めまい》がひどくなった。

しばらくしてから窓辺をはなれ、部屋のなかを見まわした。ちがっている——どこも、ひどく奇妙な変化を見せている。けれど、これほどの変化をひき起こさせた原因は、すぐにわかった。部屋になんにもないせいなのだ。家具ひとつない。どんなものも、たったひとかけらさえ残っていない。眠る前からすでに進行していた腐蝕が最終的な段階に到達すれば、こうなるのは避けられないのだということを、ようやく、それもすこしずつ理解した。何千年！　何百万年！

床には厚い埃が積もり、それが窓腰掛けの高さの半分にまで達している。眠っているあいだに、はかりしれない埃《ほこり》が積もった。これが永劫の塵《ちり》というものだろうか。朽ちはてた家具の微分子が、埃の量を飛躍的に増大させたことはあきらかだった。そのなかに、はるか昔死んだペッパーの死体も、朽ちてそこに混じっているのだ。

そのときとつぜん、眼をさましてからこのかた、塵埃の海のなかを膝までつかって歩きまわっている自分を、感覚として意識していなかったことに気がついた。窓辺に近よって以来、まちがいなく永劫の時が過ぎた。しかしそんなものは、わたしが眠っているあいだに過ぎた永劫の時にくらべたら、まるで話にもならない。そういえば、わたしは古い椅子に坐ったまま眠りほうけてしまった。椅子はどうしたのだろうか？　立っていた場所を見まわしてみた。もちろん椅子が見つかるわけはない。椅子は、眼をさましたあとに消えたのか、それとも前に消えたのか、どうしても知りたいと思った。もしわたしが坐っているあいだに朽ち果てたのなら、床に落ちる衝撃で眼を醒ましていなければいけない。けれど、床に厚く積もった埃の量から察して、わたしの体が埃に支えられて衝撃を感じなかった可能性も、あるにはあった。ほんとうに、百万年以上も塵埃のうえで眠りほうけていたのかもしれない。

そうした考えが頭のなかをかけめぐるなかで、わたしはもういちど椅子のあった場所に眼をむけた。そのときはじめて、埃のうえに足跡がひとつも捺されていないことに気がついた。椅子から窓辺のあいだに降りつもった埃には、なにひとつ跡がないのだ。しかし、眼覚めてからいままでに――なんと数万年もの時がたっている！

わたしは考えこみながら、むかし椅子があった場所に再度視線をめぐらした。そのとたん、雲をつかむようだったわたしの脳裡に、たしかな考えが浮かびあがった。椅子のあった場所に、厚い埃にうずまった長い起伏が見える。埃は完全に覆いつくしているわけではなかったが、そんな起伏を作りあげた原因を発見するのに時間はいらなかった。わたしは知った――知ったとき、すさまじい戦慄におそわれた――それは、わたしが眠っていた場所に横たわる、年古《ふ》り朽ち果てた人間の死骸だった。それは、右のわき腹を下にし、背中をこちらにむけて、横たわっていた。黒い埃のために輪郭が薄れていたけれど、その人物の姿かたちをしっかりたどることは、いまもできた。なぜその死体がここにあるのか、わからないなりに理由をただそうと努力した。椅子が崩れれば、当然わたしがそこに横たわるだろうと考えたとき、当惑が胸にひろがりはじめた。

すこしずつ、ある考えが具体化しはじめていった。その考えが、わたしの心を揺さぶった。あまりに無気味で、とうてい信じられもしない考えだったけれど、それは確信に変わるまで着実に力を強めていった。埃の帷子《かたびら》を着けたその死骸は、わたし自身の亡きがら以外のなにものでもなかったのだ、と。しかし、それを立証する気持まではなかった。真実を知ったいまになってみると、これまでどうしてそれに気づかなかったのか不思議だった。いまのわたしには、もう肉体がないのだ。

この新しい突発事に自分のあたまを順応させようとして、わたしはしばらく立ちつくした。やがて――それがどれほどの年月になったか記憶していないが――わたしは、まわりから蒸気となって発散していくものに注意をむけるだけの気力を、とりもどした。

いま、波を打つように盛りあがっていたものが崩れて沈み、一面にひろがっている埃と同じ高さになるのを見た。新しい微粒子が、いつのまにか、永劫の力で挽《ひ》かれた微細な塵の混淆を覆いつくした。窓に背をむけて、わたしは長いことそこに立ちつづけた。世界が無限の未来に落ちこんでいくあいだ、わたしはすこしずつ理性をとりもどしていった。

ややあってから、室内をしらべはじめた。この奇怪な建物にも、時はすでに破壊の手を伸ばしはじめていた。これまでの全時間を、崩れもせずにずっと過ごしてきた事実そのものが、この建物の異質性を立証していた。家が崩れおちる情景を想像することなど、いままで思いつきさえしなかった。もっとも、どうしてかときかれたって答える用意があるわけではなかった。ずいぶん長い時間を熟考についやし、その結果、もしあの家が地上の物質によって建てられているとしたら、そこに用いられた石材はとっくに微粒子に分解してしまっていいだけの、厖大で異常な歳月が過ぎていることを充分に納得したとき、はじめてその理由を納得するしまつだった。たしかに、家はようやく崩壊を開始していた。漆喰がぜんぶ壁からはがれ、室内につかわれている木材も、とうの昔に灰燼に変化していた。

黙考にひたりながらたたずんでいると、小さなダイヤモンド形の板ガラスから、ガラスの小片がひとつ、鈍い音をあげて、背後の窓敷居に積もった埃のうえに落ちた。落ちると同時に、小さな微粒子の山をつくった。黙考をやめて、外壁をかたち造っていた二つの石材のあいだからもれてくる光を見た。石のあいだにつめておいたモルタルが、あきらかに全部落ちようとしているのだ……

しばらくあとに、また窓のほうをむきなおって、外を眺めてみた。時の進む速度は、もうとてつもないものになっていた。太陽の流れをしめす輝かしい明滅は、極度の高速のために、踊り狂う炎の半円をつくりあげてしまっていた。南の空のなかばを、東から西にむかってすっかりと覆いつくす、いっそうの光輝となって、出没していた。

視線を、空から廃園にむけた。廃園があった場所は、ただ一様に白ちゃけた醜い緑色を帯びている。地面が昔よりずっと高くなったような印象を受けた。地面ごと盛りあがって、窓辺に近づいた感じだ。しかし、この窓に達するまでには、まだだいぶん間があるはずだった。なぜなら、この家を支え、さらに〈窖《ピット》〉の入口を覆っている岩は、中心が盛りあがった大規模な半円を形成しているのだから。

廃園をつつむ統一色に、ある変化をみとめたのは、それからすこしあとのことだった。白ちゃけて、醜い緑色が、もっともっと薄くなって純粋な白色に近づこうとしていた。長い歳月が過ぎて、庭はとうとう灰白色に変わり、そのまましばらく褪色を停止した。しかし、けっきょくはその灰白色も緑色とおなじように色薄れていき、生気のない白色に変わった。そしてそのまま、色彩の変遷はついに途絶えた。北方の世界を雪が埋めつくしたことを知ったのも、ちょうどそのころだった。

　こうして、時は数百万年の単位でつぎつぎに永劫のあいだを飛び去り、**終末**へ――古い地球時間では、はるか未来の空想的な題材としていつも考えられてきた**終末**へ――直進していった。そしていま、**終末**は、かつて人間が想像したことさえなかったかたちで、わたしの眼前に近づきつつあった。

　ちょうどそのころだった。わたしは、新鮮だが多少不健全な好奇心にとらわれて、**世界の終末**がきたとき地球はどうなるだろうと空想しはじめた――けれど、不思議に幻想のようなものは浮かんでこなかった。

　そのあいだも、崩壊を押しすすめる時の流れは、確実に進行していた。すこしばかり残っていた小ガラスの類も、いつのまにか消えてしまった。そしてときおり、やわらかな落下音が聞こえ、煙がすこし舞いあがったが、それは、モルタルか石の断片が落下したことをしめす証拠だった。

　わたしはもう一度、南方の空の遠い深みと、頭上にひろがる天空のなかで震動する炎の被膜《シート》を見あげた。それを見ていると、めくるめく光輝から、どこか鮮明な明かるさが失われているような印象が湧いた――それはいま、もっと鈍く、もっと深い色彩にいろどられていた。

　わたしは、不明瞭な白に閉ざしつくされた眺望に、眼をむけた。そしてときどき視線を、弱まろうとする炎の被膜《シート》にもどした。いくら顔をかくしても、太陽にはちがいなかった。それからふと気を変えて背後をむき、眠りほうける埃がつくった永劫の絨毯を敷きつめた、巨大で静かなこの部屋の内部に降りつもる、増大一辺倒の灰燼に目をむけた……

こうして、わたしは、魂を老いさせるような思考と驚嘆とに身を置き、また一方では新しい疲労感にとりつかれて、飛び去っていく歳月を見つめたのだった。

17　遅れゆく自転

おそらく百万年は過ぎさったろう。それは疑問の余地がない。世界を照らした炎の被膜《シート》は、すでに暗い翳りを帯びはじめていた。

厖大な時間が、また過ぎていった。巨大だった炎全体が、深い銅色に変わった。しかもすこしずつ暗さを増し、銅色から赤銅色に、そしてときには、奇妙な血の色を含んだ重く深い青紫色に変化した。

光は弱くなる一方だったけれど、太陽の横断速度はすこしも衰えていないように見えた。あの、めくるめくような高速度の靄につつまれて、まだ空を駆けていた。

視界のとどくかぎり、世界は、まるで〈この世の終末〉が近づいたかのように、恐ろしい暗闇の下で息づいていた。

太陽は滅びつつあった。疑いなく、滅亡にむかっていた。なのに、地球だけは、宇宙とすべての永劫のあいだを回転しつづけていた。このときわたしが異常なまでの当惑に襲われたことを、いまも憶えている。世界の終末にかんする聖書の物語や、聞きかじりの現代理論の雑然とした混淆のなかをさまよう、精神だけの存在となった自分自身に、ずっとあとで気づいた。

そのときだった、周囲をめぐる惑星とともに太陽が、いまも、そして過去にも、信じられぬ速度で無限の空間を旅してきている事実を、はじめて思い出したのは。唐突として、ひとつの疑問が湧いた——どこへ？　わたしはその問題を長時間にわたって熟考した。しかしけっきょく、自分の疑問は永遠に解けない謎なのだなという確信を得ただけで、思索の対象をほかのものに移しかえた。この家はどこまで建ちつづけるのだろうか——新しく湧きあがった疑問というのは、それだった。それにしても不思議だ。確実に近づいてくる暗黒の時代を通じて、わたしは肉体も持たぬまま、地上にとどまる運命を負わされたのだろうか？　そんな思索をすすめていくうちに、わたしはまた、宇宙空間を旅していく太陽の目的地点にかんする熟考に落ちてしまった……そして、そのあいだにはるかな時が流れすぎた。

時がたつにつれ、厳しい冬の寒気を感じはじめた。けれど、太陽が燃えつきようとしているいま、冷気が異常な厳しさを加えていても不思議はないと、思いなおした。ゆっくり、ゆっくりと、まるで永劫が無限のなかにすべり入るように、地球は重く紅《あか》いたそがれに沈んでいった。蒼穹《そうきゅう》のあいだに鈍く燃える炎は、無気味で不吉な、よりいっそう深みを増した色彩に染まっていた。

そしてついに、ある変化が生じた。震えながら頭上をおおい、はるか南の空にまでひろがっていた暗い炎のとばりが薄れ、収縮しはじめたのだ。かき鳴らされた竪琴《ハープ》の絃がひき起こす高速な震動を見るように、北と南に震動する太陽の流れを、もういちど見た。

炎のとばりに似たものはすこしずつ消えていき、まもなく、天空をゆっくり過ぎていく太陽の流れがはっきり見えてきた。けれどそのときでさえ、輝かしい炎のアーチは、確実に暗くなっていた。下界は暗い翳につつまれ——不明瞭な、おどろおどろしい影の領域となった。

頭上では、炎の川がゆるゆると流れていた。もっともっと遅くなっていた。太陽はとうとう、時間にして数秒以上にもおよぶ巨大で重々しい振幅をもって、北と南のあいだを動くようになった。厖大な時が過ぎ、太陽のつくりだす巨大な帯は、ほぼ一分間も滞空するようになった。そのために、だいぶ後になってわたしは、それを眼に見える運動体として考えることをやめた。流れるような炎が、滔々とすすむ鈍い炎の川にそって生気のない空をわたっていた。

無限の時が過ぎると、炎の弧線の輪郭がくずれてきた。見るまに、あざやかだった弧線の密度が希薄化していった。ときどき黒ずんだ縞がそのなかに現われるような気もした。やがて、なめらかな炎の流れが途絶えた。一瞬だが、そのかわり規則的に世界のたそがれが訪れるようになったことをやっと理解できた。そして暮れゆく地球のうえに、ごく短いが、きわめて規則的な間隔をおいて、もういちど夜がめぐってきた。

夜は、すこしずつ長くなっていった。そのうちに、昼の長さと同じになった。とうとう、昼と夜とがそれぞれ数秒ずつの長さで交替するようになった。太陽が、ほとんど透明な、赤銅色を帯びた球として、高速がひきおこす不明瞭な光の霧のあいだから現われた。ときどき太陽の流れに現われた黒い縞模様の本体は、いま巨大な黒い帯として、半透明な太陽それ自体のうえにはっきり見えた。

年という年が過去へ消えていった。夜と昼の長さが数分間に延びた。太陽は、すでに炎の尾をひくことをやめ、いま輝かしい青銅色に染まった巨大な光球となって——昇降をくりかえしていた。太陽の部分部分には、血色の環のふちどりが現われている。それ以外の部分は、前に述べたとおり、暗い色彩だった。紅と黒の——二つの環は、おたがいに異なった幅をもっている。どうしてそんな環ができたのか、しばらく考えあぐねた。しかし、太陽の表面がどの部分も均一に冷却する可能性は、むしろ少ないのではないかという考えが、ふと脳裡をかすめた。こうした色彩の変化は、たぶん太陽面の各部分における温度の差異から生じるものなのだろう。紅く見えるところは、まだ高温を保っている部分だろうし、黒く見えるところは、逆に、すでにかなり冷却された個所なのだ。

太陽が、ひじょうにあざやかな環を幾重もつくり出しながら冷却していくことは、考えてみれば奇妙だった。それらの環は、おそらく太陽を帯状にさえ見せたあの高速度の回転がもたらしたものにすぎず、じつは各所に分散した小さな紅斑がその本体であるのかもしれないと、そんな仮説を思いつくまでずいぶん頭を悩ました。太陽それ自体は、昔知っていたころの太陽の大きさよりもずっと大きかった。わたしはその事実から、太陽が地球に接近しているのだと結論した。

夜には、月さえが見えた。* ただし、小さくて遠かった。月が出す光はひどく鈍いし、弱い。おかげでそれは、昔の月にくらべると、暗くてちっぽけな亡霊みたいに見える。

＊　月についての描写は、これだけで終わっている。文中に記された内容から推測すると、地球の衛星はその間隔をあきらかにひろげている。おそらく、月はやがて地球の引力から脱していくのかもしれない。ただ、この点に光をあてる証述が何もなされていないことを残念に思う——編者

昼と夜がすこしずつ長くなり、やがて古い地球時間でほぼ一時間に匹敵する長さになった。太陽は、漆黒色の横縞をもつ赤味がかった青銅の大円盤を彷彿させながら上下した。このころになると、ふたたび廃園をはっきりと眺められるようになった。世界はいま静寂につつまれ、変化のきざしさえ見せないでいる。しかし、それを〈廃園〉と呼ぶのは、もうふさわしくない。なぜなら、そこには昔の庭園を思いださせる形跡が――なにひとつ残っていないからだ。そのかわり、あたり一面には、茫漠とした平原がひろがっている。左手のほうには、低い丘陵がいくつかある。どれも一様に白い雪をかぶり、ところどころに隆起した土地の地肌が盛りあがっている。

積雪がどんなにすごいものだったかを実感したのは、そのときがはじめてだった。右のほうに連らなっている高く巨大な波状の雪丘を見ると、部分的にはひどく深く積雪しているところもあるようだった。もっとも、ごく局部的に地表が隆起した部分へ雪が積もったから、そう見えるのかもしれなかったが、奇妙なのは、左手にある低い丘陵地帯の――すでに書いたとおり――頂部が、完全に雪に覆われていないことだった。ところどころ、黒い地膚があらわに見える。どこを見ても、そしてどんなに時を過ごしても、信じられぬような死の静寂と荒廃は、その支配を止めようとしない。死にゆく世界の、硬く、恐ろしい静寂。

そうするうちにも、昼と夜は眼に見えて長くなっていった。一日の長さは、夜明けから日没まで、旧地球時間でおよそ二時間にはなったろう。夜になって、頭上に星が見えたときは驚いた。小さかったが、異常なくらい輝かしい光だ。それはきっと、奇妙に鮮明で、しかもまっ暗な、夜の時間のせいだったにちがいない。

遠く北方に、星雲そっくりの靄《もや》をみとめた。外見は、銀河の一部に似ていなくもない。おそらく、とほうもなく遠い星団なのだろう。いや、もしかすると――これはとつぜんの思いつきにすぎないのだが、むかし太陽系を包含していた島宇宙の、はるかな遠景かもしれなかった。永遠に宇宙の深淵に取りのこされ、いまかすかに輝く星団がつくりだす霧――

昼夜の長さは、すこしずつだが、まだたしかに延びつづけていた。太陽は、一日一日光輝を鈍らせていき、黒い縞が太さを増した。

そうするうちに、やがて目新しい変化が起こった。太陽と地球と空が、ふいに暗くなり、しばらくのあいだその状態がつづいた。ある確信が湧いた（この場合、視界はまるで役に立たなかった）、地球に厖大な降雪が襲いかかったのだ、と。やがてすべてを包みこんだとばりが、ほんの一瞬だけ消えた。また視界がきくようになった。驚くべき光景が、わたしを迎えた。この家と廃園をかかえている谷間は、雪にふちどられていた。*

＊　おそらく雪ではなく、凍結した大気だろう――編者

窓ぎわにも、雪がたまっていた。どこを見ても、白い大平原がひろがり、死にゆく太陽の陰気な銅色のかがやきを弱々しく反射していた。地平線から地平線を眺めまわしても、この世界に影はなかった。

わたしは太陽を見あげた。異様に鈍いが、はっきりとした光を放っていた。いまわたしは、これまで不明瞭な媒体を通してごく部分的にしか太陽を見てこなかった人間のように、はっきりとそれを見た。あざやかで深い黒色が、太陽をかこむ空を染めあげていた。太陽のおどろくべき近さ、そのはかりしれぬ深み、その完全な異質性、どれもが恐ろしかった。わたしはあらためて太陽を見つめた。長い長いあいだ見つめた。恐怖にふるえ、わななきながら。太陽は、あまりにも近い。わたしがもし幼児だったら、この驚きと不安を、空の青い天井がなくなったということばで表現したろう。

　あとになって、わたしはふりむき、周囲を見まわし、部屋の奥に目をむけた。どこもかしこも、薄く単調な白いとばりに覆われていた。世界を照らす陰欝な薄明のためによくは見えなかったが、そのとばりは廃墟化した壁にまつわりついているようだった。厚く、やわらかく、膝の深さまで床にたまったあの永劫の塵《ちり》は、どこにも見あたらない。明いた窓を通して、雪が吹きこんだにちがいなかった。しかし、雪はどこにも吹きだまりをつくっていない。大きくて古いこの部屋は、一様になめらかで、平坦だった。おまけにここ数千年というもの、風の吹いたためしがないのだ。にもかかわらず、ここにはたしかに雪があった。*

＊　前頁の注を参照。室内に雪（?）があった原因については、その説明で納得できると思う
——編者

地球は完全な静寂につつまれた。生きた人間が体験したことのない厳しい寒さが、ここにはあった。

地球は日中、描写する方法もないような無気味きわまる光に照らされていた。まるで青銅色に染まった海を通して、あの大平原をながめているようだった。

地球の自転が確実に遅れてきていることは、もう疑いないのだ。

終末が、前触れもなくやってきた。夜がもっとも長くなったときだった。死にゆく太陽がようやく地表の縁《ふち》から昇ってきたとき、闇にすっかりいや気がさしていたわたしは、それを喜んで迎えた。太陽は、地表と二十度の角度をとるまですこしずつ上昇した。しかし、すぐに上昇を停止し、奇妙な逆行運動を起こしたあと、じっと動かなくなった——空に、大きな丸楯ができあがった。*

＊ 至点から至点をむすんで、南北両方向へ永久的に（もちろん見かけの上だけだが）運動する太陽にかんしては、これ以後まったく触れられていないため、この一文をどう解釈したらいいかわからない——編者

ただ、太陽の周囲だけが輝かしい——光といえば、これと、赤道附近にある薄い光の流れがひとつ。

その光の糸さえが、やがて消えはじめた。偉大で誇らしげな太陽に残されたものは、青銅色に近い光で縁取りされた、巨大で生気のない円盤だけだった。

18　緑色の星

世界はあらあらしい暗闇に——冷たく、耐えがたい暗闇に——閉ざされた。外は、まったく沈黙している——とにかく静かだ！　うしろにある暗い部屋から、ときどきドサリという物音が聞こえた。すっかり風化した石材の断片が落下する音だ。*こうして時が過ぎていき、夜が、破ることすら不可能な暗黒のとばりで世界を覆った。

＊　——ここでは、音を伝達する大気が信じられぬほど希釈されているはずである——いや、それよりもむしろ、大気がまったく存在していないと考えて、いいかもしれない。空気の密度によって推測するかぎり、およそ物音といえるものを人の耳に伝えることは——したがって、肉体という物質をもったわれわれがふつう考える意味で、その物音を聞くという行為は——不可能に近い
——編者

そこには、わたしたち人間が知っている〈夜空〉などなかった。さいごまで輝きをはなちつづけた少数の星々も、とうとう消えてしまった。まるで、光ひとつ射してこない密室に閉じこめら

れたような気持だった。とにかく見えるものといったら、とらえどころのない闇のなかでさかうように燃えている、鈍い炎の環がたったひとつ。それ以外には、遠い北方で霧のような寂光をわずかに放っているあの星雲をのぞいてしまうと、周囲を取りまく茫漠とした夜のなかに光らしいものはまったくない。

しずかに時が流れていった。どれほどの年月が過ぎさったか、もう知りたいとも思わなくなった。ここにたたずむわたしの前を、永劫が忍びやかに行き来していくような気がするのだ。わたしはまだ視覚をはたらかせていた。けれど、ときどき太陽のふちをとりまく輝きが見える程度だった。そして今、その輝きは――しばらく光を発してはまた暗黒にもどる、そんな明滅をくりかえしはじめていた。

そうした明滅運動のあいだに、あるときとつぜん夜空に炎がよぎった――死に絶えた大地を一瞬照らしだす矢のような閃光だった。わたしは、ひどく単調な寂寥《せきりょう》の大地を見た。その光は太陽が発したものだった――どこか中央部に近い位置から、斜めに射しだした光だった。一瞬、わたしは驚いて眼を見ひらいた。すると太陽からはねあがった炎が勢いをよわめ、もとどおり薄暗くなった。けれど、まだそれほどの暗さではない。太陽は、あざやかな白色の光からできている細い縞もように取りまかれていた。わたしは熱心にそれをながめた。太陽面で、なにか爆発現象が発生したのだろうか？　しかし、その考えを否定するのに時間はいらなかった。あれだけはげしく大規模な白熱光は、爆発程度の原因でひき起こされるものではなかったからだ。

もうひとつ別の考えが浮かんだ。知らぬうちに、ふっと湧きあがった着想だった。地球よりも太陽に近い惑星のひとつが、太陽面に激突したのではないだろうか——その衝撃で、あれだけはげしい異変が起きたのではないだろうか。この考えかたは、前のものより真実味があった。まったくとつぜんに死の世界を照らしだした、あの閃光の異様な規模と明かるさとを説明する材料としては、ずっと満足すべきものだった。

好奇心と興奮に胸をときめかせながら、わたしは暗い空間をよこぎって、夜空を切断している白い炎の線に眼をむけた。ひとつだけ、まちがいなくいえることがあった。太陽があいかわらず、すさまじい速度で回転していることだ。* 歳月は、あのはかりしれない高速で過ぎ去っている。地球にかんするかぎり、生命も光も、そして時さえも、すでに遠いむかし亡び去った事物の一員でしかなかった。

＊　したがって、地球の一公転に要する時間は、太陽自体の自転に費やされる時間との相対的な比較において、まったくゼロと見なされるべきものになったと推測するしかない——編者

巨大な爆発光がかがやいたあと、金環のように太陽を取りまく円形の線以外に、光と名のつくものはなくなった。けれど空を見つめているうちに、その光もやがてすこしずつ鈍い赤色の色合いに落ちこんでいくのがわかった。そしてしまいには、暗い赤銅色になった。しかしその後になると、光は明滅を開始した。一定時間だけ明かるくなり、またしばらく暗色に色褪せたりした。

これより先、さいごまでくすぶっていた太陽の縁《ふち》が暗黒色にかえった。だからこの遠い未来の、

暗く、物音ひとつしない世界は、死んだ太陽の巨塊を取りまく暗い円軌道にそって運動をつづけることになった。

この期間にわだかまったわたしの考えは、ほとんど記録の不可能なものばかりだった。はじめは渾然《こんぜん》として、首尾一貫を欠いていた。けれど、そのあとで厖大な時が過ぎてみると、わたしの心はそのとき、地球を包む抑圧的な静寂と荒涼感とに潜んだ要素《エッセンス》そのものを、どうやら多量に吸収したらしかった。

こうした印象とともに、すばらしく鮮やかな考えがひとつ浮かびあがった。はかりしれない闇のただ中を、地球は永久にさまようのかもしれないという実感が、絶望といっしょに胸を衝いた。しばらくは妄想に近い考えが頭を満たした。そこには、耐えられないほどの寂しさがとりついていた。だからわたしは幼児のように泣いた。けれどいつのまにか、そうした激情も色うすれ、ほとんど感じとれないくらいになり、理由もない希望が心にポッカリ湧きあがった。わたしは、ただ一心に待った……

ときどき部屋のうしろで建材のはげおちる音が鈍く聞こえた。いちど大きな衝撃音を耳にして、本能的にふりかえったが、そのとき、あらゆるものをその内部に包みこんでしまった厚い闇のことは、すっかり忘れはてていた。しばらくのあいだ、空を眼でさぐった。そのあと無意識に方角を変えて、北を見上げた。星雲はまだそこにあった。前よりもはっきり見えるような気がした。わたしは眼を見ひらいて、長いことその星雲を観察した。孤独な魂の内部で感じたのは、そのかすかな霧がどこかで過去につながっているという直観だった。妙なことだ、人はそんな些細な事柄からでも、心のなぐさめを得られるのだから！　けれど、まさかこのわたしが——いつか然るべきときがやってたおりに、自分からしてそんななぐさめに逢着するのだとは——考えてさえみなかった。

ずいぶんと長時間にわたって、わたしは、睡魔におそわれもせず夜空を観察した。むかしなら、すぐにわたしを誘いこんだ睡魔だったけれど、このときだけは、当惑と思索とからのがれられさえするのなら、むしろ睡魔のおとずれを歓迎したい気分になった。

ときどき湧きあがる巨大な石材の落下音が、わたしの思考をさまたげた。いちどなぞ、部屋の奥からささやき声が聞こえてくるように感じた。しかし、いくら探ろうとしても、視覚をはたらかせることはまるで無益だった。いまあるような暗黒は、ほとんど理解のしようがなかった。ヒクヒクと脈打つようで、感覚にはきわめて苛酷なものだった。まるで、なにかグニャグニャとしたうえに氷のように冷たい屍肉を、力いっぱい押しつけられているようだった。

こうした圧迫の下で、わたしの心には、巨大で強圧的なひとつの不安が膨脹しようとしていた。その不安は、わたしの心から消えていったときにさえ、ほかならぬわたし自身を不快な黙考に誘いこまずにはおかなかった。その不安と闘わなければならないと、わたしは思った。気分を転換しようと考えて、窓辺に行き、北の空を見あげて白い星雲を探した。それは、太陽系がはるか太古に棄てていった宇宙の、遠くかすかな輝きにちがいないと、いまも信じていた。しかし、眼をあげたそのとき、はげしい驚き《ワンダー》がおそいかかった。霞のように不明瞭だった光が、いまは鮮やかな緑色に染まった一大巨星に変貌しているのだ。

驚異にうちひしがれながら瞳を凝らしていると、とつぜん新しい考えが湧きでた。地球は、その緑色の星にむかって進んでいるのではないだろうか。星までの距離は、思ったほど遠くない。それが、もと地球を一員に加えていた一個の島宇宙ではなかったとすれば、次に可能性の強い仮説として、茫漠とした宇宙の深淵に潜んでいたとてつもない超巨大星団のいちばん外縁に位置する星に、地球が近づいていると考える必要があった。畏《おそ》れと好奇心のいりまじった不思議な感情におそわれながら、こんどはどんな新しい事物があらわれるのだろうかと、熱心に星の方向を見つめた。

しばらく、うすぼんやりとした憶測や思索が、脳裡を占領した。そのあいだわたしは、洞窟内のような暗闇にたったひとつだけ輝いているその斑《ふ》を、喰いいるように見つめた。希望が、胸に湧きあがった。わたしの息を奪うほどだったあの絶望の重荷を、すっかりと払い落としてくれる希望が。地球がどこをめざしていようと、すくなくとも〈光のある領域〉へ再度帰還しはじめている事実を、いま確認したのだ！　これまでわたしが体験してきた光がないための恐怖を、充分に理解しようと思ったら、まったく音のない夜のもとで、永劫の時間を過ごさなければわかるまい。

ゆっくりと、しかし着実に、星がせまってきた。やがて、遠いむかし地球でみた木星そっくりに輝きだした。大きさが増し、色彩もあざやかになった。それは、地上にまぶしい炎の光線を射しこむ巨大なエメラルドを、思いださせた。

時が、沈黙のなかをすぎていった。緑の星は、空のなかにはねる巨大な炎の飛沫になった。しばらくして、わたしは驚くべきものを目撃した。夜のなかに、すさまじく巨大な三日月形の輪郭が、おぼろに浮かんでいる。周囲の暗闇から生まれでたような、新しい大惑星だった。わたしは驚きに立ちすくんで、それを見つめた。いま、比較のうえからいえば——それはとても近くにあった。いままで視界にはいりもしなかった巨星に、地球はなぜこれほど接近できたのだろうか、わたしはそれが知りたくてやっきになった。

その星の射しだす光が、いっそうはげしくなった。このぶんでいけば、そのうち地上の光景を肉眼で見わたせるようになる、わたしは本能的にそんな予感を感じとった。すこしたってから、ほんとうに地上の光景がはっきり見わたせるかどうか外をのぞくことにした。けれど光は、まだ充分でなかった。光景を目撃するための努力はすぐにやめて、もういちど星に注意をむけた。注意をそらしていたほんのわずかなひまに、星はずいぶん大きくなっていた。当惑に曇ったわたしの眼に、その星はいま満月の四分の一ほどの大きさに映った。星から射しだされる光は、異常に力づよかった。しかしその色彩はあまりにも異質だ。見なれたはずの地上が、そのためにひどく幻想的に映った。とりわけ影になった部分の情景は、現実ばなれの度合いがはげしかった。

巨大な三日月は光輝を強めつづけ、いまあきらかな緑の色彩を帯びてかがやきはじめた。大きさが増し、輝きが増し、とうとう満月と同じ規模になった。それがさらに巨大化し、明かるさを強めるにつれて、そのとてつもない三日月からはすこしずつ深まっていく緑色の光線がそのぶんだけ多量に射しだされた。そうした光輝が織りなしていく錯綜した光線の下で、眼前にひろがる荒野は、そのすがたを断続的にさらけだしていった。まもなく世界じゅうを見わたせるようになった。奇妙な光のもとで見る、冷たく威圧的な二次元の荒涼世界は恐ろしい。

緑色の炎を発する巨星が東にむけて、北の方向からゆっくりと沈んでいく事実に興味をひかれたのは、それからすこしあとだった。はじめは自分の眼が信じられなかった。しかしすぐに、事実は事実として認めざるをえなくなった。巨星が徐々に沈んでいく。沈むにつれて、輝かしい緑色の三日月もすこしずつ勢いをうしなって、土気色の空を背景にした単純な光の弧に、変わっていった。そしてそれは、徐々にすがたを現わしたあのときと同じ場所へ、ひっそりと没した。

このころになると、問題の星は、見えない地平線にたいして高度三十度の範囲内に侵入した。星の大きさは満月に充分匹敵するところまで増化している。けれどまだ、円盤状の輪郭をみとめるまでにはいっていない。この事実は、星がまだここから莫大な距離をへだてていることを教えてくれた。しかし自分の推測がもし正しいものだとすれば、星の大きさは理解も想像もおよばない、まったくけたはずれたものでなければならなかった。

見まもっていると、星の下縁がとつぜん消失した——まっすぐな黒い線が、そこを横切ったからだった。さらに一分間——いや、実際には一世紀が渇きたあと、星はその半分を視界から消した。大平原のかなたに、星を消していく恐るべき影をとらえた。その現象はぐんぐん進行していった。いま、星の三分の一が見えるだけになった。やがて、この異様な現象にたいする解答が閃光《フラッシュ》のように浮かびあがった。緑色の星が、死んだ太陽の後方に隠れようとしているのだ、と。いやそれとも、興味の観点からいって、黒い太陽が地球をしたがえながら緑色の星とのあいだに浮かびあがろうとしている光景といい変えよう。*こうした考えが心にひろがったとき、星が消えた。太陽の巨大な球の陰に、とうとう隠れてしまったのだ。地上に、もういちど陰鬱な夜がもどってきた。

＊　注意して草稿を読んでいくと、太陽がひどく異様な軌道を通って運動しているか、あるいは軌道幅を小さくしながら緑の星に近づいているか、そのどちらかに真実めかしいものを感じるようになる。そして現段階では、そのとてつもなく巨大な星のもつ重力にひかれた太陽が、ついにその傾斜軌道を破られたのだと、考えることにしたい——編者

闇とともに、耐えがたい寂しさと恐ろしさが襲ってきた。わたしは、〈窖《ピット》〉とその住民たちのことをはじめて思いだした。すると、記憶のなかから沈黙の海の渚に出没し、またこの家のそばに身をかくした、あの恐るべき物の怪《け》どもが浮かびあがった。あいつらはどこにいるんだ？　わたしは首をひねった——不吉な想像をして、自分から身ぶるいした。恐怖が、しばらくわたしをとらえた。あらあらしくしかも支離滅裂に、わたしは祈った——世界をつつむ冷たい闇を退散させる光が射してくれることを。

どのくらい長く待ったか、正確に答えられるはずはない——しかしとにかく、そうとうに長い時間が過ぎたことだけは確実だ。とつぜん、一本の光線を頭上に見つけた。すこしずつ鮮明さを増していく。とつぜん、あざやかな緑色の光が闇のなかでひかった。同時に、土気色をした細い炎の線を、夜の遠いかなたに見つけた。ほとんど一瞬のあいだに、それは大きな炎のかたまりにふくれあがった。その下で、エメラルド色の光を浴びながら大地が横たわっていた。それはすこ

しも止まることなく膨脹をつづけ、ついに、緑色の星ぜんたいが再度視界にあらわれた。けれどいま、それを星と呼ぶことはできそうになかった。すでにおそろしいまでの大きさにふくれあがり、太古の地球を照らしていた太陽も比較にはならなかった。

それを観察しているうちに、巨大な三日月みたいに光っている燃えつきた太陽の縁《へり》が、見えるのに気づいた。わたしの眼前で、光のあたったその部分がゆっくりとひろがっていき、やがて直径の半分ほども見えるようになった。そのかわり、緑色の星は右手のほうに傾いていっている。時がたち、地球は、燃えつきた太陽の巨大な表面をゆっくりとよこぎっていった。*

＊　ここで、地球が「燃えつきた太陽の巨大な表面をゆっくりとよこぎっていった」ことに注意してほしい。これについてはなんの説明もなされていないが、時間の進みかたが遅れた結果か、あるいは地球が今日の基準から見てほんとうにゆっくりとした速度で軌道上を運動したためなのか、いずれにしろ原因は二つのうちのどちらかと考える以外にないだろう。そして手稿をたんねんに読んでいくと、すでにかなり長期間にわたって時間進行の速度が落ちてきている事実をとらえることができる――編者

地球がすすむにつれて、星はいよいよ右傾していった。そしてついに、この家の背後に隠れ、すきまだらけの壁からまぶしい乱反射光を射しこむようになった。上を見あげると、天井はもう大部分埃《ほこり》に還元されていた。上階の荒れかたがここよりもっとひどいのを、確認できた。おそ

らく屋根は完全に消失したにちがいない。その証拠に、星から斜めに射しこんでくる緑色の輝きを直接見ることができる。

19　太陽系の終末

　こうして、もとは窓だった迫り出《せだ》しから、最初で最後の夜明けを見つめたわたしは、太陽そのものが太古よりもずっと巨大になっていることを、緑色の光がはじめて地上を照らしだしたそのときに確認した。とにかく大きいのだ。その下端は、遠くにかすんだ地平線に接しているようにさえ見えた。それを見つめながら、わたしは、太陽が接近したのかもしれないと想像した。凍った大地を照らす緑色の輝きは、着実にいきおいを強めている。

　そして、そのままの状態が長期間つづいた。けれど、ちょうど過去には月がそうだったように、太陽面のうち光を受けて明かるい部分が形を変えて小さくなりはじめていることを、ふいに知った。光のあたった太陽面が全体のたった三分の一に縮小するまでたいした時間はかからなかった。緑色の星が左がわに移っていく。

　地球の進行につれて、星がもういちど家の表面で輝くようになった。するとこんどは太陽が、緑色の炎を発する巨大な弧としか見えなくなった。そして次の瞬間、太陽がすがたを消した。緑色の星は、あいかわらずその球を空にとどまらせていたが、やがて地球が太陽の黒い影にはいりこんでしまうと、あたり一面夜になった――暗く、星ひとつない、耐えがたい夜になった。

いくつかのあらあらしい考えにとりつかれて、わたしは夜を見わたしながら――待った。数年が過ぎたと思われるころ、背後にある暗い家の一隅で、世界をつつんでいた堅固な静寂がとつぜん破られた。ごくかすかだが、そのかわりうんと多数の足音を聞いたようだった。それに、弱々しく不明瞭なささやき声も、わたしの感覚に触れた。闇のなかを見わたしてみた。多数の眼が、そこに光っていた。見るまにふえてゆき、しかもこちらへ近づいてくる。一瞬は動くこともできなかった。そして、無気味な〈豚の鳴き声〉が夜のなかに湧きあがった（この部分にかんしては一六二頁の注を参照のこと）。

その音を聞いたとたん、わたしは窓から身をおどらし、凍った地上へ飛びおりた。しばらく疾走した記憶が、混濁した頭のどこかに残っている。そのあと、わたしは待った――ただ待ちつづけた。何度か悲鳴を聞いた。しかしいつも遠くからひびく声だった。この音をのぞいたら、〈家〉のある方向を知る手がかりはなにひとつなかった。時がすすみ、やがてわたしの意識から、冷たさと絶望と恐怖の感覚以外の、ほとんどあらゆるものが消えてなくなった。

ひと時代が過ぎたと思われるころ、光の接近を告げる輝きがあらわれた。それは、ゆっくりと明かるさを増していった。やがて――この世ならぬ光輝をあげて、緑色の星から出た最初の光線が黒い太陽のふちをこえて射しだし、地上を照らした。およそ二百ヤードほどむこうにあった巨大な廃墟が、まともに照らしだされた。それは〈家〉だった。見つめるうちに、わたしは恐るべき光景を目撃してしまった――外壁のうえに、あの汚らわしい化けものたちが群れていたのだ。崩れた塔から一階の床にまで、古い建物を覆いつくすように群がっていた。やつらのすがたがはっきり見えた。まちがいなく、あの化けものどもだ。

地球は、緑の星が放つ光のなかに移っていった。いま、光は天空の四分の一を照らしあげているように見えた。その土気色をした光輝のすさまじさに圧倒されて、空全体が、微妙に震動する炎に占領されていくようだった。それから太陽を見た。ものすごく近い。直径の半分が、地平線の下にかくれている。地球がその表面にそって回転していくと、太陽は、まるでエメラルド色をした炎がつくりあげた巨大なドームのなかに黒々と突き出すように思えた。ときおり家のほうにも眼をむけたが、化けものたちはどうやら、わたしの隠れている場所に気づかないでいるらしかった。

何年かがゆっくりと過ぎさったようだ。地球は、すでに太陽面の中心に達そうとしていた。いっぽう緑色の太陽――いまわたしは、その星のことをそう呼ばなければならない破目になった――から出る光は、古い家をかこむ朽ちはてた壁を通して、輝いていた。壁という壁が、緑色の炎に包まれているみたいだった。化けものたちは、まだ壁のまわりを彷徨している。

とつぜん、豚そっくりの鳴き声がひびいてきた。屋根のない廃屋の中心部から、まっ赤な炎の柱が噴きあがった。ゆがんだ小塔の群れや高楼のたぐいが炎のなかに浮かびあがるのを、見た。塔は、まだあの奇妙な歪曲状態を保っている。緑の太陽から出た光線が〈家〉にあたり、まっ赤な光輝と交錯した。真紅と緑の炎を燃やす炉を想像させる、光景――

わたしは魅せられたように、迫り寄る危機がわたしの注意を強引に転換させたそのときまで、光の乱舞を見つめつづけた。一瞬上を見あげたとき、太陽がまた近くなっていることに気づいた。まるで地球に落ちかかるみたいに、近かった。ときおり重々しい黄色の煙が地上からあがっていた。ちょうど、地球がその煙の出場所から発火していくようだった。化けものたちのすがたがぼんやりと見えた。いまはまったく無害な生きものに映った。それから、とつぜん大地に大きな陥没が起こったようだった。不潔な化けものどもをすがりつかせたまま、〈家〉が地中の深みへ消えていった。奇妙な血色の雲を高く噴きあげながら――

そのときわたしは、家の下にうがたれていた地獄のような〈窖《ピット》〉のことを思いだした。

しばらく周囲を見まわした。太陽の巨大な球が頭上たかく昇っていた。それと地球との間隔は、急速にちぢまっている。と、ふいに地球が前方へ突進しはじめるような錯覚にとらわれた。地球は一瞬のうちに太陽との間隔を縮めた。なんの音も聞こえなかった。けれど太陽面からは、けっしていきおいを衰えさせることのない、めくるめくような炎が燃えあがっていた。それは、視覚を麻痺させる光の瀑布となったエメラルド色の光線を引きさいて、遠い緑の太陽にとびかかっていくようにさえ、見えた。そして炎はその極大にまで達すると、力つきて低く沈んだ。太陽の表面に、燃えさかる白色の飛炎がかがやいた――地球の墓場となるべき地点だった。

いま、太陽はおどろくほど近くにあった。するとまもなく、自分が空中に高く浮きあがっていくのに気づいた。とうとう、うつろな空間のなかに呑みこまれた。緑の太陽はあまりにも大きい。そのために、そのひろがりが頭上を空いっぱいに占領しつくしてしまうようだった。わたしは視線を落とした。ほんものの太陽がすぐ下を過ぎていく。

一年が――いや、ひょっとすると一世紀が――過ぎさったようだ。わたしは空間にただよったまま、ひとりで放置されていた。ほんものの太陽が、遠く前方に見える巨大な緑色の球から出る溶けた炎のような光輝を背景にして、まるく黒いかたまりを浮かべていた。かたほうの端ちかくに、まっ赤な輝きがあらわれた。そこが地球の落ちていく場所なのだ。ここまできて、はじめて気づいたことがある。ずっと昔燃えつきた太陽は、おそろしくゆっくりとだが、まだ回転していたのだ。

右手のかなたに、ときどき白々とした光が現われるようになった。しばらくのあいだ、それをたんなる妄想として忘れようか、それとも現実のものとして記憶にとどめようかと、おもい迷った。そのまんま、新しく現われたその驚異を観察しつづけていった。そしてついに、その光が妄想ではないことを確認した。それはほんとうに光だった。いつしか輝きを強め、やがて緑色の球から、ごくやわらかい白色にいろどられた小球となって、分離した。すこしずつこちらに近づいてくる。優しげな光輝の雲を周囲にまとっているのが、よくわかった。時が過ぎていく……

わたしは、収縮していく太陽のほうに眼をむけた。いまは、緑の太陽の表面にのった小さな黒点みたいに見えた。観察しているうちに、それはどんどん小さくなっていった。まるで、太陽よりもっと偉大な星にむかって、すさまじい速度で突進していくように、その進みかたは一途だった。なりゆきを熱心に見つめた。なにが起こるのだろう？　それがまちがいなく緑の太陽に激突しようとしていることを知ったとき、わたしは異様な興奮におそわれた。太陽はいま、豆つぶみたいに小さい。わたしは、霊魂としての存在を賭けて、わが太陽系の最期を見とどけようとした——その無数な嘆きと悲しみを、永劫にわたって地球とともにわかちあってきた太陽系を。そしていま——

ふいに、なにかが視界をさえぎり、あれほどの興味をいだいて見つめていた光景のすべてを、覆いかくした。そのために死んだ太陽に何が起こったのか、見とどけることはできなかった。けれど——そのあとで見たあの光から推測して、太陽が緑の星の奇怪な炎に落ちこんで破滅したことを否定する材料は、なにひとつなかった。

そのときとつぜん、異常な疑問が湧いた。緑の炎を燃やす、この巨大な球は——この茫漠とした中央太陽《セントラル・サン》は——わたしたちの宇宙を含めた無数の宇宙が周囲をめぐっている、あるとてつもなく巨大な恒星ではないだろうか、と。混乱が頭におそいかかった。死んだ太陽の最期がどんなかたちでやってきたか、可能な仮説をあれこれ考えてみた。すると、別の可能性が黙示のように湧きあがった——死んだ星は、すべて緑の星に落ちていくのかもしれない。しかしその考えは、奇異な印象をもたらすものではなかった。それどころか、いかにもありそうで、可能性の強い仮説だった。

20　天宮の星

しばらく、いろいろな考えが心を満たした。おかげで、ただわけもなく前方を見つめる以外、どんなこともできなかった。疑惑と驚きと、悲しかった記憶の、巨大な海に呑みこまれたような気分に耽った。

そんな当惑状態から脱したのは、かなりあとのことだ。わたしは眼をしばたたきながら周囲をみまわした。こうして、そうとうの時間にわたって、そのひどく異様な光景を見つめた。わたしがまだ自分の妄想の渦につつまれていなかったことが、ほとんど信じられないくらいだった。あたりを占領した緑色光のなかから、やわらかくきらめく小球がたえまない流れとなって湧きだしているのだ――どの球も、すばらしく軽やかで純粋な雲につつまれていた。そして、わたしの頭上と下方の両方に流れよってきて、そこから、また未知のかなたへすすんでいった。しかも緑の太陽が出す輝きを隠したばかりか、逆に優しいきらめきを周囲に満たし、過去にも未来にも見たことのない光景を、わたしのまわりにつくりだした。

まもなく、小球の周囲にある種の透明感が存在していることを、発見した。まるで全体が曇った水晶からできあがっていて、その内部に、おだやかで柔順な輝きを燃やしているようだった。

それら小球は、つぎつぎにわたしのそばをすり抜けて、ゆっくりとした速度でかなたにただよっていく。わたしは長いこと光景を見つめていた。小球の途切れる気配は、まるで見られなかった。雲のなかに、ときどき貌《かお》のようなものがうかがえた。けれど不思議に不明瞭だった。半分は現実で、半分は周囲の霧からできあがっているように——

すこしずつふくらんでいく満足感とともに、わたしは長いあいだ待った。もう、言葉にできない孤独感にさいなまれることはなかった。むしろその孤独感は、ここ数百億年に感じていたよりもずっと薄れてさえいた。こうした満足感が増すにつれて、天宮の球体といっしょにいつまでも宇宙にただようことが歓びに高められていくようだった。

歳月が過ぎていった。影にかすんだ貌の現われる回数が増し、その貌は、現われるごとにあざやかさを増した。わたしの魂がそれだけ環境になじんできたからなのか、はっきりとはわからなかったが——可能性は多分にあった。しかしそうだとしたって、わたしの周囲に新しい神秘が確実に意識をとらえてきていることだけは、まちがいなかった。その意識がわたしにむかって、どこか想像もおよばない異次元の境界《ボーダーランド》へ——感覚にはとらえることのできない、どこか精妙な場所、形態、そして存在に——侵入したことを告げた。

螢光をはなつ小球の巨大な流れが、一定した速度で——無限の年月とともに、そばを過ぎ去っていった。けれど小球は、途切れる色も見せず、いやそれどころか数の減少傾向すら示すことなく、流れでていく。浮力をもたない灝気《エーテル》のうえを静かに運ばれながら、わたしはふいに、そばを過ぎようとする一個の小球に寄っていきたい衝動にかられた。一瞬がすぎたとき、わたしは小球のそばにいた。そして、まったくなんの抵抗もなく、球の内部にすべりこんだ。すこしのあいだ、視覚がきかなかった。好奇心を燃やしながら、わたしは次の展開を待った。

とつぜん、厚い沈黙を破る音に気づいた。凪《なぎ》の日の海が奏でるささやきに、よく似た響き――眠りに落ちた海がたてる、寝息。やがて、わたしの視界を封じていた霧が、すこしずつ薄れていった。そのうちに〈沈黙の海〉の静かな表面が、ふたたび眼前に浮かびあがった。

わたしは飽かずに眼を見はった。見ている光景が信じられなかった。視線をひとめぐりさせると、暗い水平線のすこし上に、以前見たのとちっとも変わらない、蒼い色をした炎の球体がクスクスとゆれうごいていた。海をわたって遠く左がわに、まるで薄もやのような線が一本見えてきた。岸辺にちがいない。まだ昔のすがたでいた地球上を、魂となってさすらい歩いたあのすばらしい日々に、わたしと恋人とが逢瀬をかさねた、岸辺が。

すると、もうひとつ別の、やっかいな記憶がよみがえった――〈沈黙の海〉の渚に出没した、谺《こだま》さえひびかぬ沈黙の土地をまもるかたちのないものの記憶だった。そのほかにも思い出すことがあった。まちがいなく、あのときと同じ海を見おろしているのだ。わたしは確認といっしょに、圧倒されるような驚きと歓びを胸いっぱいに感じとった。同時に、もういちど最愛の女《ひと》に会えるかもしれないという期待が心をゆすった。わたしは熱意をこめて周囲を見まわした。しかし彼女のすがたは見えない。その現実を前にして、わたしはやがて失望に閉ざされた。わたしはひたすら祈った。そして必死にあたりを見つめた……なんと静かな海！

はるか下方に、七色に光輝を変化させる炎が残した多数の軌跡を観察することができた。ずっと前に、やはりわたしの注意をひいた火だ。炎の源はなんだろうと、ぼんやり考えた。そしてこのことを、最愛の人にあれこれ会話するときの質問のひとつとして、きいてやろうと思った——けれど、いいたかったことの半分もいわないまま、わたしは彼女のもとをはなれるはめになった。

いくつかの考えが一足飛びに戻ってきた。なにかが体に触れる気配を感じて、わたしはとつぜんふりむいた。そこに、あの優雅な——彼女がいた！　彼女は眼をあげた。そこには熱い焦れがあった。わたしも一心に彼女を見つめかえした。抱きしめたかった。しかし彼女の顔に浮かんだあまりに優雅な純粋さが、わたしの衝動をおさえた。やがて、渦を巻く霧のなかから、彼女が愛らしい腕をのばした。ささやき声が、過ぎ去る雲の衣《きぬ》ずれのように、やさしくひびいた。「愛するおかた！」と、彼女はいった。ただそれだけだった。しかし、わたしには声が聞こえた。一瞬のうちに彼女を抱き寄せ——祈りのなかで希《ねが》ったとおりに——そのまま彼女を抱きつづけた。

抱擁のあいだに、彼女は多くのことを話してくれた。それをわたしは聴いた。永劫の時間を、そうして聴いていてもいいくらいだった。ときどきささやき声で返事をかえすと、彼女の霊的な顔にもういちど不可思議な色合いが——恋の花といえるものが、浮かびあがった。あとになって、わたしたち二人はもっと心おきなく話しあえるようになった。彼女は、耳にした一語一語に嬉々とした返事をかえしてくれた。だから、わたしはすでに楽園《パラダイス》にいる心地だった。

彼女とわたし。そして静かで果てしない空間以外に、わたしたちを見つめるものはなかった。わたしたちの話を立ち聞きするのは、〈沈黙の海〉の穏やかな水面だけだった。

雲につつまれた小さくて無数の浮游体は、ずっと前に無にかえっていた。こうして、わたししたちは眠りこむような深淵の入口を見つめた。そのとたん、わたしは彼女をうしなった。たったひとりぼっちにもどった。しかし、この孤独が未来に延長していたってかまいはしない。わたしはもうひとりぼっちではない！　わたしには彼女がいる、そしてそれよりももっと大きな意味で、彼女にはわたしがついている。ああ、無限の歳月をおくったわたし！　こうして、なぐさめにみちた考えをあれこれと思いうかべながら、わたしは、二人のあいだをまだへだてているかもしれない残り幾年かを、ずっとこのまま生きぬきたいと願った。

21　黒い太陽

わたしたちの魂が、どれくらい長く歓びの腕に抱かれていたか、はっきりしない。しかし、わたしはとつぜん幸福から眼覚めた。〈沈黙の海〉を照らす、蒼くおだやかな光が薄れたためだった。巨大な白色の球体にむかってふりかえった。なにかやっかいごとの起こる予感をいだきながら。球体の片がわがまるで窪みめみたいに内にまがり、そこを影がよぎろうとしていた。記憶がもどってきた。こうして、わたしたちが最後の別れをかわすまえに、暗闇がやってきた。わたしは、いぶかりながら恋人のほうをむいた。これだけの短時間に、彼女が萎え、非現実的なものに変わってしまったことは、ひどく唐突で悲しいできごとだった。彼女の声が遠く去っていくようだった。手の感触は、夏風のようにやわらかな重みでしかなくなり、それもすこしずつ感覚に映じないものになっていった。

すでに巨大な球体の半分が影にかくれていた。絶望感がわたしをとらえた。彼女はわたしから離れようとしているのだろうか？　まえにそうだったように、こんども遠く去らなければならないのだろうか？　わたしは興奮と恐怖をいだきながら、彼女に問いかけた。すると彼女はそばに来て、奇妙に遠く離れた声で説明した。暗黒の太陽——彼女はそういう名で呼んでいた——が光を消すまえにここを去らなければいけない運命に、彼女が置かれていることを。こうして恐怖が具体的な確信となったとき、わたしは絶望感にさいなまれた。声もなく、静かな海の静かな平原だけを、かろうじて見わたせる自分だった。

白色の球体上を、影がなんとすばやく過ぎ去っていくのだろう。けれど本当は、あれだけでも人間の理解力をはるかに超えた歳月が流れたにちがいなかった。

うすぐらい〈沈黙の海〉は、いまとうとう、蒼白い火を燃やす三日月形の星に照らされるだけになった。そのあいだも、彼女はわたしにすがりつづけた。しかし彼女の感触はあまりに弱すぎて、ほとんどそれを感じとれなかった。彼女とわたしは、ふたりでそこにたたずんだ。悲しみのあまり、わたしたちのあいだに声はなかった。暮れていく光のなかで、彼女の顔がぼんやり見えた——顔は、まわりを取りまく暗い靄にまぎれていた。

うすく、弧をえがいたやわらかい光の線だけが、海を照らすころ、彼女が、やさしく押しやるようにわたしから離れた。彼女の声が耳もとでこだました。「これ以上とどまってはいられません、恋しいおかた」——そしてその声は、むせび泣きになって終わった。

彼女は風に運ばれるように離れていき、やがて見えなくなった。影のなかから、かすかに声が聞こえた。きっと、ひどく遠くからひびいてきたのにちがいない——「しばらくの——」そういって、声は消えていった。一瞬のうちに〈沈黙の海〉に夜の闇がおとずれた。左がわの遠い果てに、ほんのわずかな時間だったが、かすかな輝きが浮かんだようだった。それが消えるのとほとんど同時に、自分はもう静かな海のうえにいるのではないことを知った。いま、とほうもなく巨大な暗黒の星に隠された緑の太陽が、ふたたび眼の前に浮かんでいた。

わたしは、救いようもない眩暈《めまい》におそわれながら、いやそれどころかまともな意識さえないありさまで、太陽の黒い縁のうえに燃えあがる緑色の炎の環を見つめた。めくるめく混沌のなかにいたわたしにさえ、その異様な形があたえる驚きはぼんやりと感じられた。無数の疑問が湧きあがった。眼の前にひろがる光景よりも、ついさっき別れてきた彼女のことが気にかかる。悲しみと、未来への想いが、胸にあふれた。彼女とは、けっきょくいつも別れなければならない運命なのだろうか？ 古い地球での日々にさえ、彼女はたかだか一時《いっとき》わたしのものだったにすぎないし、そのあとわたしには、まるで永遠とも思えるような別れが待っていた。あのとき以来、彼女に会えたのは、この〈沈黙の海〉でばかりだった。

はげしい怒りが胸にこみあげた。そして、みじめな疑問が――。自分はどうして彼女といっしょに行けなかったのだろう？ いったい何が、二人を裂くのだろう？ 〈沈黙の海〉の静かな胸にだかれて、彼女が長い歳月を眠り暮らすあいだ、自分はなぜひとりぼっちで待たなければならないのだろう？ 〈沈黙の海〉！ わたしの考えが、とつぜん苦しみのはざまから離れて、新しい、絶望的な疑問へと移った。そこはどこだったろう？ あの海は、どこだったろう？ その静かな海面のうえで、ついさっき彼女と別れてきたばかりのようなぬくもりが残っていた。だのに、海はもうどこにもない。そんなに遠く消えてしまったはずはなかった！ それに、暗黒の太陽が投じる影のなかに隠されるところを、この眼でたしかめたあの白い球体は！ すっかり欠けた緑の太陽に、わたしは眼をむけた。緑の太陽をあんなに欠けさせたのは、いったい何なのだ？ 周囲をまわっている、巨大な死星のひとつだろうか？　それとも――現象をつきつめていけば――中央太陽《セントラル・サン》は二重星ということになるのではないだろうか？　そのアイディアは、まったく思いがけなく湧きあがった。しかし二重星であってならない理由はない。

わたしの考えが白い球体にもどった。不思議だ、なぜそういうふうに――そこまで考えて、急にやめた。またひとつアイディアが湧いた。白い球体と緑の太陽！　この二つはもともと一つの、同じものではないだろうか？　想像力がずっと逆流していった。そういえば前に、輝かしい球体を目撃して、どういうわけか異常に興味をひかれたことがあった。一瞬とはいえ、それを忘れていたというのは奇妙だった。ほかの球体はどこへ行った？　もういちど、わたしがはいりこんだ球体のことを思い返した。すこし考えてみると、はっきりしてくることもあった。あの水みたいに手ごたえのない球体にはいりこむことで、わたしは即座にどこか遠方へ、けっきょくは眼に見えない別次元へ移っていったのだと、考えた。そこでも、緑の太陽はちゃんと見えた。ただ、ひどく巨大な、色うすれた白色光を発する球体として、見えたのだ――ちょうど亡霊のように、その球体の非物質的な部分を見せたように。

その問題を、ながいこと考えてみた。そういえば、あの球体にはいりこんだとたん、ほかのものがぜんぶ見えなくなった。いろいろなことを思いだしながら、わたしは引きつづいて記憶の糸をたぐった。

やがて、わたしの考えがほかの方向に移った。もっと現実のことに考えをむけ、注意してあたりを見わたすようになった。微妙な菫色《ヴァイオレット》の色合いを帯びた無数の光線が、周囲から、奇怪な薄明を切り裂いた。緑の太陽のふちに燃える炎から、射しだす光。それが目前で数を増していくようなのだ。だから、光線の数がかぞえきれなくなるまでに、長い時間まつ必要はなかった。夜は、緑の太陽から放射状にさしだされる光線に満たされた。その光線を肉眼で見られるのは、蝕《しょく》の作用が太陽の光輝を割り引いてくれるからだと結論した。光線はまっすぐ空間に射しだし、そして消えた。

すさまじいばかりに輝く光の、ごく微細な先端が、光筋にそって走るのを、わたしはすこしずつ確認していった。その多くが緑の太陽から出て、遠いかなたにのびていく。なかには、宇宙の深淵からやってきて、太陽に近づくのもある。しかし、そのどれもがきっちりと菫色の光筋のうえを走っていく。速度は想像もできないくらい大きい。その光が緑の太陽に近づいたり、放射状に流れる光線から離れたりすると、独立した光の小点としての正体をあらわす。太陽から遠くへだたると、菫色の光線内をはしるあざやかな火の筋《すじ》に変わる。

この光線と、動きまわる火花との発見は、異常にわたしの興味をかきたてた。無数にふえた光線は、いったいどこへ行くのだろう？　わたしは、宇宙にただよう〈世界〉のことを考えた……それに、こんどはこの火花だ！　メッセンジャーたち！　なるほど、そんな発想は飛躍しすぎているかもしれない。しかしわたしにはそう思えなかった。メッセンジャーたち！　中央太陽《セントラル・サン》からやってきたメッセンジャーたち！

ひとつの発想が、ゆっくり、グルグルと回転した。緑の太陽は、あるとほうもない知性体の住まいなのかもしれない。そんな感慨が、自分自身を当惑させた。その〈名づけ得ぬもの〉にたいする幻影が、ぼんやりと湧きあがった。ひょっとしたら、永遠なものの住まいに来てしまったのではないだろうか？　しばらくのあいだ、わたしは無言でその考えに反発した。とにかく法外すぎるのだ。けれど……

　ばかばかしく巨大だが、そのくせわけのわからない考えが、ふらふらと心に浮かんだ。とつぜん、自分がすっ裸にされたような気になった。なにかひどい近接感が、わたしを揺すぶった。

　そして天国は！　あれは幻影だったのか？

　いろいろな考えが、しばらくはせわしなく行き来した。〈沈黙の海〉――そして、彼女！　楽園から……わたしは一足跳びに現実へかえった。どこか、ずっと後方の虚空から、巨大でどす黒いものがおどりだした――とにかく大きくて、しかもおし黙ったものが。それは、星の墓場をめざす、死んだ星だった。その星が、わたしと中央太陽《セントラル・サンズ》とのあいだをよぎり――視界から二つの太陽を消しさり、わたしを厚い闇のなかに投げこんだ。

　数十年の時がすぎた。わたしはもういちど菫色の光線を見た。それから長い期間がすぎて――わたしには永遠とも思える期間だった前方の空に浮かぶ円形の輝きが、大きくなった。小さくなっていく星のふちが、その輝きとは反対に黒々と見えた。中央太陽へむかおうというのだ。まもなく緑の太陽の輝かしい環が見えてきた。闇が背景だから、それだけあざやかに見えた。星が、死滅した旧太陽の影にはいっていく。そのあとで、わたしは待った。見も知らぬ年月がゆっくりと過ぎていったけれど、わたしは熱心に空を見つめた。

　予期していたものが、とうとう現われた――唐突に、しかも恐怖を満たしこんで。巨大な、めくるめく光を発する輝き。流れをかたちづくる白い炎が、暗黒の空間へすさまじい速度でおどり出た。無限の時間を通じて、空間へと流れ出ていく——巨大な炎の大膨脹。それは膨脹をやめた。時がすぎていくと、炎はゆっくりと後退しはじめた。それは暗い太陽の中心ちかくにある、巨大な輝きの部分から流れ出たものだ。強力な炎がまだそこから流れ出つづけている。しかしその大きさにもかかわらず、死んだ太陽のとてつもない巨塊にくらべれば、星の墓場は、海洋上に映った木星の光輝ほどにしかならなかった。

その二つの中央太陽があたえた目をみはるような巨《おお》きさを想像させるに益することばは、きっとないだろうことを、ここであらためて述べておくべきだろう。

22 暗黒星雲

世紀という世紀、永劫という永劫が、過去に溶けこんでいった。白色星の光は、燃えさかるような紅《くれない》色に沈下していった。

あの暗黒の星雲を見つけたのは、ずっとあとになってからだった――はじめは右手のかなたに、わけのわからない雲が見えた。それがすこしずつ大きくなり、黒いかたまりを闇のなかに現わした。どのくらい空を見つめていたか、自分でもわからない。〈時《タイム》〉というのは、もう過去のものにすぎないのだ。問題の星雲は、形もさだまらないまっ黒なかたまりとなって、接近してきた。眠気をさそうように静かに、夜のあいだをすべってきた。地獄の霧だ。ゆっくりと近づいてくる。わたしと中央太陽のあいだにひろがる虚空のなかに、はいりこんでくる。まるで眼のまえにとばりを引いていくようだ。奇妙な震えがわたしを襲った。なまなましい驚きの感覚。

数百万という年月にわたって君臨した緑色のうす明かりは、いま厚い闇にとってかわられた。わたしは動きもせず、あたりを見つめた。一世紀がすぎた。ときおり鈍い赤色のかがやきが見てとれるくらいだった。

わたしは熱心に見まもった。ほどなく、雲のかかった闇のなかで鈍い赤色をあらわしている環状にならんだかたまりを、発見したように思った。暗い星雲のなかから、はっきりと浮きたってくるようだった。しばらくすると、ようやくなれた眼に、そのかたまりがいっそうはっきり映しだされた。かなりの数だ——赤みをおびたそれら星々は、ずっと以前に見たことがある輝かしい小球と同じ大きさ、同じ性質のものだった。

かれらはたえまなく流れすぎていった。だんだんに、奇妙な不安がわたしを襲った。嫌悪感と恐怖が、はっきりと増大していた。そしてその感情は、流れ過ぎていく小球にむけられていた。べつに実際的な原因や理由があったわけではなく、むしろ本能的な知識から生まれた感情だった。

小球のなかのいくつかは、ほかのものより明かるく光っていた。とつぜん貌をみとめたのは、そうした小球のなかでだった。外形は人間のそれによく似た貌だったが、しかし悲しみにゆがんでいて、見ているわたしのほうが蒼白になってしまった。これほど深い悲しみがあるとは、考えてもみなかった。そこに苦痛の感覚までが加えられていることにも気づいた。あれほどあらしく周囲をみつめる小球の眼には、光というものがないのだ。さらに長いこと、わたしはそれを見つめた。その貌は、やがて周囲を取りまく闇のなかに消えていった。そのあとで別の貌を見た——どれも絶望的な悲しみを映す貌で、そのうえ盲目だった。

長い時間がすぎた。自分自身も小球に近づいたことに気づいた。それを知ったばかりに、不安が増した。ただし、この奇怪な小球にたいしては以前ほどの恐怖を感じなくなっていた。小球のなかに住む悲しげな住民を知ったときから、かれらにたいする同情が、わたしの恐怖をやわらげたのだ。

あとになって、その紅《あか》い小球に自分が引きつけられようとしているのを確認した。まもなくすると、小球のあいだにたどりついた。小球がひとつ、わたしの上に降りてくるのを感じた。その小球がめざす方向から自分の体を引きはなそうとしたけれど、それはむずかしかった。おそらく一分ほどのあいだに、小球がわたしの上へ降りたのだろう、深い真紅の霧が身のまわりを包んだ。その霧が晴れたあと、わたしは混濁した意識で広大な〈沈黙の平原〉を見わたした。小球のほうは、はじめて見たときと変わりないようだった。平原の上を、着実に前進していた。ずっと前のほうに、この領域を照らす巨大な血色の環が輝*いていた。

＊　これは疑いの余地なく、別の次元から見た中央太陽のうち、死んだほうの太陽が発する、炎の金環を帯びた巨塊を意味している——編者

どこもかしこも、異様な寂寥感に占領された。以前、過酷な時《とき》のあいだをさまよったわたしに、強烈な印象を植えつけた、あの寂寥感だった。

まもなく、恐ろしげにそびえる連山から形づくられた闘技場《アリーナ》の、遠い峰が、赤みがかった暗闇のなかに浮かびあがった。すでに果てしない過去となったあの日、わたしがそれから以後連続して体験することになった無数の怪事の底をむすぶ恐怖の先触れに、はじめてでくわした場所だった。沈黙をまもる無数の神像に見まもられながら、この神秘な〈家〉の模倣物が、茫漠としたすがたで立っていた、あの場所——そういえばわたしの家は、地球が太陽に接触して永久に消滅す

るまえに、地獄の炎に呑まれてしまったのだった。

山脈にかこまれた闘技場《アリーナ》の絶頂を見わたすことはできたけれど、ずっと下方まで見えてきたのはずっとあとのはなしだ。これはおそらく、地表にわだかまった奇妙な赤色の靄のためだろう。いずれにしろ、ようやく闘技場の基部が眼にはいった。

それからもうすこし時間が過ぎたとき、わたしは山脈にすぐ近いところまで行きついていた。おかげで、山々がわたしの上にのしかかってくるように感じられた。前面に、巨大な亀裂が口をあけはじめた。わたしにはその気もないのに、その亀裂にむかって、自然にすすんでいってしまうのだ。

やがて、闘技場の広大なひろがりが視野にはいった。そこから、およそ五マイルほど離れたところに、あの〈家〉があった。巨大で、無気味で、静かな建物が――広大な円形劇場のちょうど中央にたっていた。見たかぎりでは、このまえとまるで変わっていない。あのときのことが、つい昨日のように思えてならなかった。周囲には、きびしく暗い山々が、その高慢な沈黙のなかからわたしをにらみつけるようにそびえている。

遠く右手に寄った、近づきがたい蜂々の上に、巨大なロバの頭《かしら》をいただいた神像がたたずんでいる。もっと上には、およそ数千尋《ひろ》も頭上に、紅いうす闇のなかに突きでている恐ろしい女神の奇怪な像が見える。左手には、醜径な無眼の神像が、見分けられる。灰色をした、はかりがたいすがたの神像だ。それよりもずっと遠く、高い峰によりかかる土気色をした食人鬼の像が――暗い山々のあいだに無気味な色彩を浮きたたせている……

わたしは空をただよいながら——その巨大な闘技場《アリーナ》をゆっくりとよこぎっていった。すすむにつれて、絶頂に住まっているそのほかの恐怖像が、暗いすがたをあらわにしていった。

わたしは徐々に〈家〉へ近づいた。時の奈落をこえて、記憶が過去の体験へとさかのぼっていった。わたしは〈平原〉にひそむ恐怖の本体を思い返した。すこし時間がたった。自分はたしかに、あのシンとした建物を暗示する巨大なかたまりにまっすぐ近づいている。

ちょうどこのとき、以前あの建物に近づいたときに感じた恐怖感をさえはねつける、麻痺に似た無感覚が、すこしずつ強くなっていくのを、まるで他人ごとのように意識した。わたしは落ちついて、それを観察した——ちょうど煙草のけむりを通して、わざわいの源を見定めるような感じだった。

やがて〈家〉のすぐそばまで近づいていった。〈家〉の周囲にある細部が、ずんぶんはっきりしてきた。長くみつめればみつめるほど、この奇怪な家が自宅にまったくよく似ていることを感じたずっと昔の印象が、いっそう強まっていった。大きさがけたちがいなところをのぞいたら、ちがいはなにひとつなさそうだ。

見つめているうちに、とつぜんはげしい驚きが襲ってきた。書斎に通じる外扉があるあたりの、ちょうど反対がわにやって来ていたのだけれど、そこに、入口をふさぎこむようなかたちでひどく長い石材が横たわっているのだ。大きさと色彩のちがいを考えなければ、〈窖《ピット》〉の生きものと死闘をくりひろげたときわたしが落とした胸壁の石材に、うり二つだった。

もっと近くへ寄ってみた。扉が、蝶番《ちょうつがい》のところからこわされていることに気づいた。豚の化けものどもの攻撃によって内がわへ押しあけられた書斎扉に、はっきりと類似している。その光景が、一連の熟考を開始させた。わたしは、この家を襲った攻撃の跡を、おぼつかなげにたどりはじめた。これまで想像していた以上に深い意味が、そこには秘められているようだった。遠い昔、あの古い地球の遠い日々に、わたしの暮らす家が——紋切型の表現をつかえば——ある不可解な方法によって、遠く、はかりしれない〈平原〉の中央にあるもうひとつの大建築物と深くかかわりあっていたのではないかという、なかば疑問に似た感慨を感じとった経験を、ふと思いだした。けれど、わたしの疑惑が本当だったとすればどういうことになるのか、その辺になると自分にもぼんやりした概念しか浮かばなかったことを白状しておこう。わたしがはねつけた敵の攻撃が、ある異常な方法を通じて、その奇怪な建物に見いだされた破壊の跡となんらかの関連をもっているという事実を、確信ともいえるようなかたちで理解するまでには、時間を要した。

奇妙ななりゆきで、わたしの考えがとつぜんその問題から離れた。そのかわり、〈家〉をつくりあげている奇怪な素材について考えはじめた。それは——以前にも述べたとおり——深い緑色をしていた。けれど、いまそれをま近にながめてみると、次のようなことがわかった。つまりそれは、暗闇のなかで燐の煙をこすり出した場合そうなるように、ごくかすかだが明かるいかがやきを放ち、そしてすぐに色うすれてしまう現象を、ときおりくりかえしていたのだ。

まもなくわたしの眼は、すぐ近くまで迫った巨大な入口のほうにひかれていった。ここではじめて、不安を感じた。なぜなら、一瞬その大扉が後方に引かれ、そのあいだにむかって、わたし自身が強引に吸いこまれていったからだった。内がわはなにもかも闇につつまれ、感覚がまるできかなかった。わたしはアッというまに入口を超えた。大扉がしずかに閉じて、光のない世界にわたしを封じこめた。

しばらくは、じっと空中にとどまっていたようだ。暗黒のなかで、ひとりポッンと浮かんでいたのだろう。それから、自分がまた動きだしているのに気づいた。どこへ行こうとするのか、それがわからない。はるか下方で、とつぜん豚どもの笑い声に似た、ひそやかな騒音がひびいたようだった。けれどすぐ静かになり、つぎに訪れた沈黙は恐怖に満ちあふれていた。

すると、どこか頭上のほうで扉がひらいた。白い光の靄が、そこから流れとんだ。わたしはゆっくりと部屋のなかへ運ばれていった。その一室は、どうしたわけか、ひどくなつかしい感覚をわたしにあたえた。しかしとつぜん、耳をふさがせるようなあらあらしい絶叫が湧きあがった。不明瞭な幻影が長い列となって眼前に燃えあがるのを、見た。永遠の瞬間がすぎるあいだ、わたしの五感は麻痺した。それから、まず視覚がもどってきた。まぶしく不明瞭な感覚が過ぎさって、ようやく周囲をはっきりと見とおせるようになった。

23　ペッパー

気がつくとわたしは、このなつかしい書斎にもどって、椅子にすわっていた。視線が部屋のなかをぐるぐるとめぐった。一分間というもの、室内は奇妙で不安定な印象をあたえつづけた——現実ばなれしたうえに、物質的でさえなかった。しかしこの感覚がなくなってからは、室内になんの変化もないことをすぐに確認した。後方の窓に眼をやると——ブラインドが上がっていた。

わたしは震える足で立ちあがった。そうしたとたん、扉のほうからひびきでたかすかな物音が、わたしの注意をひいた。わたしはその方角に眼をむけた。ほんのわずかなあいだ、扉がしずかに閉じていくような錯覚にとらわれた。それから、いまのはきっと見あやまりだったのだと納得した——扉は、きっちりと締まっているようだった。

努力をかさねて窓まで歩きより、外をながめた。ちょうど太陽が昇るところだ。枝々をからませた廃園のしげみに、光を射しいれようとしている。およそ一分間、わたしは立ちつづけ、眼ばかりを緊張させた。わけがわからないまま、手でひたいをぬぐった。

感覚の混沌のなかで、とつぜん奇妙な考えが湧いてでた。わたしは急いでふりかえると、ペッパーを呼んだ。しかしこたえがない。わたしは、ふいに湧きあがった恐怖を胸にしながら、よろめきよろめき、部屋を出た。すすむ途中、ペッパーを呼ぶ努力もおこたらなかった。しかし、くちびるが動かなかった。わたしはテーブルに来て、下をのぞきこんだ。驚きが待っていた。老犬はテーブルの陰に横たわっているはずだ。窓からでは、直接かれを見ることができなかったわたしだったけれど、いま、膝をかがめてとつぜん息をみだした。ペッパーがいないのだ。そのかわり、灰燼みたいな灰色の小さな山が、やや長々と積もっている方向へ、視線は落ちようとしていた……

はんぶん膝をついた姿勢で、わたしは数分間そこにとどまっていたにちがいない。わたしは当惑し——驚きにうちひしがれていた。ペッパーはほんとうに影の国へ旅だっていたのだ。

24　廃園に残された足跡

ペッパーは死んだ！　わたしには、どうかすると今でさえ、愛犬の死を信じられなくなることがある。時間と空間のなかをさまよう奇怪で恐ろしい旅からかえって、もう何週間になるだろう。眠っていると、おりにふれてあの旅のことを夢に見る。想像のなかで、あの恐ろしかったできごとをもういっぺん体験する。眼をさましても、想いは同じ問題に執着して離れようとしない。あの太陽――あの二重の太陽は、未知の天界もふくめた全宇宙をその周囲に回転させる、真の中央太陽《セントラル・サンズ》だったのだろうか？　しかし、ことの真偽をだれが判定してくれるだろう？　それにもうひとつ、中央太陽の光のなかを永久に浮遊する、輝かしい小球はどうなのだ！　どれもが、とうてい信じられないことばかりだ。ペッパーの死さえなかったら、わたしも現に目撃したかずずの怪事件を無視して、すべてはとてつもない悪夢だったと信じこむほうに、かたむいただろう。さらに、あの恐るべき暗黒星雲（紅《あか》い小球を無数にちりばめた星雲だ）があった。永遠に闇につつまれ、いつも黒い太陽の影から離れることなく、あの巨大な軌道上をすすんだ星雲。それから、わたしを見つめた貌！　かれらは、そしてあんなものは、現実にこの世に存在し得たのだろうか？……けれど、書斎の床には、灰色に変わった灰燼がいまも小さな山をつくっている。

ときおり、気分がいくらか落ちついたとき、太陽系の比較的外部にあった惑星がどんな運命をたどったか推測してみた。太陽の引力から脱して、どこか遠い宇宙の深淵へ旋回していってしまったのではないだろうか——そんな考えをいだいてみたけれど、もちろんこれは憶測にすぎない。とにかくわたしを驚かせるものが、いくらでもあった。

いま、ここにこうして記録をしるしている以上、ひとつだけ確信していることをぜひ書きとめさせてもらいたい。わたしの身辺に、なにか恐ろしいできごとが起ころうとしているのだ。先夜、こんなことがあった。それは、〈窖《ピット》〉の恐怖以上にはげしく、わたしをわななかせたできごとだった。それをいま、書いてみよう。もっと多くの怪事が起これば、間《ま》をおくことなく、それらを記録することに努力しよう。これら一連の怪事の果てには、他のなによりも恐ろしい事件が待っているような気がしてならないからだ。書いているいまでも、手がふるえ、神経がたかぶる。どういうわけか、死期が遠くないことも感じる。べつに死を恐れはしない——すでに覚悟はできている。しかし大気のなかに、なにか感覚に触れえない冷ややかな恐怖を、わたしに浴びせかけてくるものがある。先夜それを感じた。先夜の事件というのは、次のようなものだ——

ゆうべ、書きものをしながら、書斎のこの場所にすわっていた。廃園につづく扉は、半分ほどあいていた。ときどき犬の鎖が、ガチャガチャとかすかな金属音をひびかせていた。ペッパーが死んでから買いこんだ犬が、着けている鎖だ。ペッパーの死以来、もう犬は家のなかで飼うまいと思っているが、それでも家のまわりに犬を放《はな》っておくほうがなにかと便利だろうと考えて、その犬を買った。それにしても犬というのは、すばらしい生きものだと思う。

その夜は気分がのって、仕事に熱中していた。時の過ぎるのも速かった。とつぜん、外の庭径《にわみち》から弱々しい物音がひびいてきた——パタ、パタ、パタ、忍びやかで奇妙な物音をたてて、径をすすんでくる。こちらへ近づこうとしているようだ。わたしは驚いて上半身を起こし、あいた扉から外をのぞいた。物音が再度きこえた——パタ、パタ、パタ、パタ。すこし神経質になりながら、庭を見つめた。しかし夜がすべてを隠しこんでいる。

すると犬が長い遠吠えを発した。わたしは驚愕した。おそらく一分間は、じっと眼を凝らしたにちがいない。しかしなにも聞こえない。しばらくして、机に置いたペンをとりあげ、仕事を再開した。神経質な気分が消えた。さっき耳にした物音は、犬が長い鎖をひきずって小屋のなかを歩きまわった物音にちがいないと、想像したからだった。

三十分ほど過ぎてから、唐突に犬が吠えだした。そこに含まれたひどく悲しげな響きが、わたしを跳びあがらせた。ペンを落とし、とりかかっていたページにインクをこぼした。

「あの犬め!」自分のとんだ手落ちを見つめながら、そうつぶやいた。しかし、そうつぶやくそばから、あの奇妙な——パタ、パタという響きが湧きあがった。こんどはおそろしく近い——ほとんど扉ぐちにまで達していた。それが犬の出す音でないことは、明白だった。こんなに近く寄ってこられるほど、鎖は長くない。

犬の遠吠えが、また聞こえた。そのなかに恐怖がこもっているのを、無意識に感じとった。

窓敷居の上に、妹がかわいがっている猫のチップがいた。見ていると、はっきり尾をふくらまして、急に脚をのばし、毛をさかだてた。一瞬そのままの姿勢で立って、扉のむこうにいる何かを、じっとにらみつけるような仕ぐさをした。そのあと窓敷居にそってあとじさりし、壁の端まで行きついてそれ以上動けなくなった。猫は、異様な恐怖の姿勢をとったまま、凍りついたように硬直した。

恐怖と当惑におそわれながら、わたしはすみのステッキを取ると、ろうそくを一本手に持って足音をしのばせ、扉に近づいた。とつぜん、奇妙な恐怖の感覚が身ぬちを走ったのは、扉にあと数歩のところまで迫ったときだった——こんどは、肉感的で、現実みを帯びた恐怖だった。それまではなぜそんな戦慄におそわれるのか、理由がわからない恐怖だった。けれど恐怖感のはげしさに耐えられなくなって、わたしは即座に扉口から後退した——恐ろしかったが、扉からは眼をはなさず、あとじさりした。扉に突進してそれを締め、閂《かんぬき》をおろすことぐらいはやるべきだったかもしれない。修繕して頑丈にしておいたのだから、まえよりはずっと頼りになる扉なのだ。けれどわたしは、チップとおなじように、ほとんど無意識的な後退を、壁につまって動けなくなるまでつづけるばかりだった。壁につまって、わたしは動悸した。おどおどと、周囲を見わたした。そうすると、炉格子のうえに一瞬眼が止まった。そっちへ足を踏みだしかけたが、そんなことをしたって意味はないと急に思い直して、すぐに歩みをとめた。外では、庭のかたすみで犬が奇妙な唸り声をあげていた。

と、ふいに猫がはげしく長い金切り声を発した。とっさにそっちの方向をふりむいた——なにか蛍光を帯びた、幻のようなものが、猫のまわりをまわっていた。それが、眼の前で大きくなった。やがて、光りかがやく透明な手になった。手のまわりには、緑色の炎がゆらゆらと揺れていた。猫が、最後の、おそろしいうなり声をあげた。見る前で、猫は煙を発し、赤く燃えあがった。わたしはあえぎをあげて壁に寄りかかった。すると窓のその部分から、緑色に染まった奇怪な汚点《しみ》がひろがり出て、すっぽりと手を覆いつくしたけれど、炎の発する輝きは、その汚点を通して鈍くかがやいて見えた。焼けこげた匂いが、部屋のなかに忍びこんできた。

パタ、パタ、パタ——なにかが廃園の小径を去っていく。かすかな、黴《かび》の匂いが、あいた扉から流れこんで、焼けこげの匂いと混じりあった。

犬はしばらく沈黙をまもっていたが、いまようやく苦痛の声に似たするどい吠え声を発しはじめた。それから吠え声がやみ、あとはときおり、恐怖にみたされた鼻声が低く聞こえるだけになった。

一分が過ぎた。やがて、廃園の西がわにある門が遠くでしまる音を耳にした。それだけで、あとは何も聞こえない。犬の鼻声さえ聞こえなくなった。

わたしはそこに、数分以上もたたずんでいたにちがいない。やがていくばくかの勇気が心にもどってきたとき、わたしは必死で扉に突進し、それにとびついてかんぬきをおろした。そうしてから、まるまる三十分というもの、くいいるように前方を見つめながら——ひとりぼっちで坐りつづけた。

すこしずつ生気がもどってきた。ふるえる足を踏みしめて、わたしは上階にある寝室へむかった——

これが、先夜起きたできごとのすべてだった。

25　闘技場《アリーナ》から来たもの

朝はやく、廃園を見まわりに出た。べつに異常はなかった。扉の近くにのびる径に足跡はないかと、よくしらべた。しかしそこにも、昨夜のできごとが悪い夢だったのか、それとも現実だったのかを判定できるような材料は、見あたらなかった。

たしかにきのう、何かが起こった、ということを立証する、最初の確証をつかんだのは、声でもかけてやるつもりで犬のいる小屋へ出むいたときだった。犬舎へ行ってみると、犬は小屋の片すみにちぢこまっていた。外へ出すのに、甘いことばをかけてやらなければならないほどだった。けっきょく最後にはいやいや外へ出てきたが、妙におどおどとして、元気がなかった。頭をなでてやったとき、左の胴に付着している緑色の汚点《しみ》に気づいた。よくしらべると、毛と皮の両方があきらかに焼けこげていた。肉があらわになっているし、ひどい焼けただれもできている。汚点のかたちがまた奇妙だ、大きな鉤爪《かぎづめ》の跡か、そうでなければ手形のように見えるのだ。

わたしは立ったままで考えこんだ。視線が書斎の窓にうつろっていった。昇っていく朝日の光が、下すみにある暗い曇りの部分にあたって、緑から赤へ、ふしぎな色彩変化を見せていた。ああ、これだ！　まちがいなく新しい確証だ。とつぜん、ゆうべ目撃した恐るべき〈もの〉のことを思いだしたわたしは、もういちど犬のほうを見た。いまやっと、かれの横腹にできた、無残な傷の原因がわかった——それと同時に、わたしが昨夜見たのもまちがいなく現実のできごとだったことを立証する証拠をつかんだ。とたんに不快感が胸を衝いた。ペッパー！　チップ！　そして、こんどはこいつが！……わたしはもういちど犬を見た。犬は、しきりに傷ぐちをなめまわしている。

「かわいそうに！」わたしはそうつぶやき、頭をなでてやった。すると犬は腰をあげ、鼻を鳴らし、ものほしそうにわたしの手をなめるのだった。

ほかにやらなければならないことがあったので、まもなく犬舎をあとにした。

夕食を終えてから、もういちど犬のようすを見にでかけた。おとなしく、小屋から出ようともしない。妹に聞くと、一日じゅう餌を食べなかったという。そう話した彼女の顔も、なんとなく怪訝《けげん》そうだった。ただし、恐ろしいことが起こる兆しを感じとるところまではいっていないようすなので、安心した。

その日は、おだやかに暮れた。お茶のあと、もういちど犬を見にいった。気ふさぎして、どことなくいらだっていた。あいかわらず小屋から出ようとしない。そこで、夜の戸締まりをするまえに、犬舎を壁から引きはなしてやった。こうしておけば、今夜は小窓から犬のようすを観察できる。今夜だけは家にいれてやろうとも考えたけれど、けっきょく犬を出し放しにしておくほうを選んだ。家のなかが、廃園よりもまちがいなく安全であるとは、どう考えても思えないからだった。その証拠に、あのペッパーは、あの日ちゃんと家のなかにいた。それなのに……

いま二時。八時をまわってから、書斎の小窓ごしにずっと犬舎を見つめつづけている。しかし異常は起こっていない。疲れて、もうこれ以上見張っていられなくなった。そろそろ寝にいこうか……

夜のあいだ、わたしは寝つかれなかった。ふだんはないことだった。けれど朝が近づいたころ、やっと数時間眠れた。

次の朝は、早起きした。朝食を終えて、さっそく犬を見にいった。静かだ。静かだけれど、気むずかしく、どうしても小屋から出てこない。近くに、馬を診《み》る医者でもいてくれたら、そこへ犬を連れていけるのだが。とにかく、一日じゅうなにも食べないのだ。ただ、水だけはひどくほしがって——ガツガツと飲んだ。そのようすを見て、やっといくらか安心した。

夕方がやってきた。いまわたしは、ちょうど書斎にいる。昨夜と同じように、また犬舎を見張るつもりなのだ。廃園へ通じる扉には、しっかりと閂《かんぬき》が降ろしてあるし、窓に格子がはまっていることも、こっちにとっては心づよい——

夜——真夜中が過ぎた。いまのところ、犬は静かにしている。左がわの脇窓から、犬舎の輪郭がぼんやり見える。はじめて犬が動きだした。鎖の音が聞こえる。いそいで眼をやった。見ているうちに、ふたたび犬が、落ちつかなげに動きだした。犬舎の内がわで、小さな螢光の斑点がひかっているのに気づいた。光はいま消えるところだった。それから犬が、また動きはじめた。すると輝きがふたたびあらわれる。不思議だ。犬がおとなしくしているから、螢光をはなつものがはっきりわかる。くっきりと浮きたっている。そのかたちには、見おぼえがあるみたいだ。わたしは一瞬、首をひねった。そういえば、四本の指と一本の拇指《おやゆび》を組みあわせた、手に似ていなくもない。いや、まちがいなく手だ！　犬のわき腹についていた傷を、とっさに思いだした。とすれば、あれは犬の傷あとにちがいない。夜になると、ああして発光するのだろうか――でも、なぜ？　数分が週きた。頭が、この新しい発見で割れそうになった……

廃園で、とつぜん物音を聞いた。その音が、ひどくわたしを驚かせた。近づいてくるのだ。パタ、パタ、パタ、と。背すじに悪寒が走った。頭皮がぞくぞくと痙攣するようだった。犬が小屋のなかで動きまわっている。恐れるように、あわれなうめき声を出しながら。きっとあれからむきを変えたにちがいない、もうあの輝かしい傷を見ることはできなかった。

外では、廃園にふたたび沈黙がおちた。わたしは恐怖にふるえながら、耳を澄ました。一分が過ぎ、また一分が過ぎた。すると、あの足音がまた聞こえた。すごく近い。砂利《じゃり》を敷いた小径をすすんでいるようだ。奇妙に調子のととのった、わざとらしい響き。戸口のまえでとまった。わたしは立ちあがり、そのまま動きを止めた。扉から、かすかな音がひびいた――掛けがねが、すこしずつ上がっていく。歌うたうような物音が耳にはいってくる。頭の辺に重圧を感じる――

掛けがねが、するどい響きとともに抱《だき》にもどった。その音が、あらためてわたしを驚かせた。緊張した神経には苛酷な試練だった。そのあと、ひろがっていく静寂のまんなかで、わたしはしばらくたたずんだ。とつぜん膝がふるえだし、だらしなく椅子にもたれこまねばならない始末になった。

たしかではないけれど、かなりの時が過ぎたようだ。それにつれて、自分にとり憑いた恐怖もすこしずつしずまってきていた。しかしそうはいっても、あいかわらず坐ったままの状態だ。立ちあがる力が抜けてしまったような、情けない気分なのだ。妙に疲労を感じ、うたた寝でもしたくなった。眼をひらいて、それからまた閉じて、そんなことをくりかえしているうちにとうとう眠ってしまった。たったいま、びっくりして正気をとりもどしたばかりだ。

ろうそくのひとつがだいぶ蠟をたらしたことに、寝ぼけまなこでどうやら気づいたのは、すこしあとの話だった。再度眼がさめたとき、そのろうそくは消えており、たったひとつ残った灯に映える室内が、うす暗く浮きあがっていた。けれど、そのうす闇に手を焼くことはなかった。あの重々しい恐怖感は、もうとっくに消えている。欲望といえば、たったひとつ、眠ること——眠ることだけが、いまは唯一の希《ねが》いといってよかった。

べつだん物音が聞こえたわけではないが、とつぜん正気にかえった——まったく眠気が吹きとばされた。なにか危険が、なにか圧倒的な力を有する〈存在〉が、すぐ近くにひそんでいることを、痛いほど感じとった。大気それじたいのなかに、恐怖がふくまれているのだ。わたしは椅子にちぢこまり、ただ一心に耳を澄ました。しかし、音がまだ聞こえない。自然そのものは、すでに死に絶えている。次の瞬間、家の周囲を吹きぬけ、遠く消え去ろうとする風が発した、小さな、しかし無気味な叫び声が、押しつぶすような沈黙を破った。

わたしは、うす闇につつまれた室内に眼を走らせた。遠いすみの大時計ぎわに、どす黒く、背のたかい影が見える。わたしは恐怖にわななきながら、しばらく視線を止めた。やがて、それがただの影であることを確認すると、瞬時の安らぎに力をぬいた。

しかしそれも束《つか》の間だった。わたしの脳裡に新しい疑問が湧きあがった。なぜこの家を棄てないのか——謎と恐怖につつまれたこの家を。すると、その疑問に答えるように、あのすばらしい〈沈黙の海〉の幻影が視界をよぎった——別離と悲しみの長い歳月を経たあとに、わたしと彼女がめぐりあうことを許された、あの〈沈黙の海〉。だからわたしは、この先どんなできごとが起ころうとも、ここに踏みとどまる決心を、あらためてかためたのだった。

わき窓を通して、夜の陰欝な暗さが見えた。視線がさまよいまどって、影のわだかまった部分にひとつずつとどまりながら、室内を一周していった。わたしは急にふり返って、右がわの窓を見た。そうしながら、荒い息を吐きだした。身をのりだし、恐怖に憑かれた眼で、窓の外ではあるけれど、そのかわり格子のすぐそばに潜んでいる何ものかをにらみつけた。ばかでかい、不鮮明な〈豚〉の顔が眼にはいった。緑色に彩られたけばけばしい炎が、顔のまわりで踊っている。闘技場からやって来たやつだ。ブルブルと震える口から、螢光を帯びた涎《よだれ》がつぎつぎに落ちていくようだった。その眼が、はかりしれない表情を宿しながら、まっすぐ室内にそそがれている。わたしは身動きもできず——凍りついたように坐りつづけた。

そいつが動きだした。ゆっくりと、こちらに近づいてきた。顔が近づいてくる。そいつは、わたしをにらんでいる。人間のものとは思えないような人間の眼が——大きな二つの眼が、暗闇のむこうからこっちを見ている。わたしは恐怖に凍りついた。しかし、そのときでさえわたしの意識はするどかった。遠い星々がその巨大な貌によってかき消されるのを、無理な姿勢からだったが、はっきりと察知した。

新しい恐怖が湧きあがった。むりやりに、椅子から立ちあがろうとした。わたしを歩かせ、廃園へ通じる扉に一直線に追いたてていく力が、わたしの意志とは無関係に働いていた。歩いていきたくはなかった。しかし、自力の制御がきかない。抵抗不可能な力が、わたしの意志と反対の方向に体を動かしていくのだ。わたしはいやおうなく、まるで木偶《でく》人形のように一歩ずつ前進させられていく。視線が、絶望的に部屋のあちこちへ跳び、窓のところで止まった。巨大な豚の顔は消え、ふたたび忍びやかな足音を耳にした。足音は、わたしがひきずられようとしていく扉の外でとまった……

短いけれど、痛いほどの静寂がつづいた。そのあとで音がした。そうだ、ゆっくりと上げられていくかんぬきの音だ。それを聞いた瞬間、絶望が胸を満たした。もう一歩も先へすすんではいけない。わたしは戻ろうとして必死にあがいた。しかし、うしろから透明な壁が押しかえしてくるようだった。思わず大きな恐怖のうめき声をあげると、その声がまた自分をおびやかした。再度、金属音が聞こえた。わたしは身ぬちを震わせた。扉を開かせないよう、内がわから必死に押さえる方法もあったが、そんなことをしたってけっきょくは無益だった……

扉のそばへいって、自分の手がいちばん上のかんぬきをはずす場面を、わたしはまったく冷静にみつめつづけた。その行動は、どれも自分の意志からでたものではない。上部のかんぬきに手がかかった瞬間も、扉があらあらしく揺すぶられた。窓のすき間から流れこんでくるのか、黴《かび》くさい異臭が大気に混入した。わたしは震える手で、不必要な時間をかけておそるおそるかんぬきをはずしていった。やがて、それは金属音とともに抱《だき》からはずれた。わたしはまっ青になって震えた。あと二つ、べつなかんぬきがある。ひとつは扉の基部を、もうひとつ大きなほうは、ちょうどまんなかあたりを、それぞれまもっている。

およそ一分間、わたしは腕を体側につけて立ちつづけた。扉のかんぬきをはずそうとした衝動はどうやら消えたようだった。とつぜん足もとで鉄の音がした。わたしはすばやく見おろして、足で下部のかんぬきをはずそうとしている自分を、いいあらわしがたい恐怖といっしょに発見した。すさまじい絶望感が、わたしを襲った……かすかに谺《こだま》をひく音とともに、かんぬきが抱《だき》からはずれ、わたしはよろめいて中央の大かんぬきをつかみとめた。永劫のような一分が過ぎた。それからもう一分……いったい、救いはないのか！　わたしはすでに、最後のかんぬきをはずしにかかっている。これ以上はできない！　いま扉のむこうにいる恐怖にむかって入口を開くぐらいなら、死んだほうがましだ。脱出の機会は、ないのだろうか？……ああ神よ、ついに最後のかんぬきを半分引き抜いてしまった。くちびるから、あらあらしい恐怖の悲鳴がほとばしる。いま、かんぬきは四分の三まで引きぬかれた。なのに、この無意識な手は、自分自身の運命にむかって動いていく。わたしとそいつのあいだをへだてるのは、たった数インチの鉄棒だけになった。極限にまで達した恐怖の苦悶に負けて、わたしは二度悲鳴をあげた。それから、狂気に駆られて、必死に手をひきはがした。視界がまっ暗になったようだった。巨大な暗黒が、頭から落ちかかってきた。自然が、救いにきてくれたのだ。膝が床に落ちるのを感じた。扉に、あらあらしく性急な体当たりが加えられる、そしてわたしの体が床に叩きつけられていく……

すくなくとも数時間、そこにそうして横たわっていたのだろう。気がついてみると、残りのろうそくは消えて、室内にはほぼ完全な闇がひろがっていた。冷えと痙攣のために、立つこともできない。ただ頭だけがはっきりしていた。あの不浄な闇の力の束縛は、もうない。

注意して膝這いになり、中央のかんぬきをさがしもとめた。それを見つけて、もとどおりしっかりと抱《だき》のなかに差しこんだ。そのあと下のかんぬきも差しなおした。どうやら立ちあがれるようになったところで、苦労して上のかんぬきをはめた。仕事を終えるともういちど膝這いにもどり、家具のあいだをぬけて階段にむかった。こうすれば、窓からにらみつけられることはない。

反対がわの扉にたどりつき、書斎から出ようとした瞬間、わたしは肩ごしにいらだちのひとみを投げかけて、窓のほうを見た。夜のなかに、なにか闇とまぎらわしい物影をかいま見た。けれど、それはただの妄想にすぎなかったのかもしれない。そこでわたしは通路をたどり、階段をあがった。

寝室に着くがはやいか、服もとりかえずにベッドへもぐりこみ、ふとんを頭から引っかぶった。しばらくして、やっとわずかな落ちつきをとりもどした。眠ることなど、どだい不可能だった。しかし、ふとんにこもった暖かみはありがたかった。やがて、先夜おこったできごとをはじめから考えなおしてみようという気になった。もちろん眠れはしなかったけれど、かといって首尾一貫した思考作業にとりかかることも無意味だった。頭のなかが、変にガランとしてしまっているのだ。

朝が近づくにつれて、わたしは不快に寝返りを打ちはじめた。休めないので、しかたなくベッドをぬけ、床を歩きまわった。冬の夜明けが窓辺に忍びよろうとしている。古ぼけた室内の、うつろな不快さを光のなかにさらけだしていた。いったい何十年住んできたか忘れてしまったが、この場所がこれほど荒涼としたところだったと気づいたのがたった今というのは、なんとも妙な話だった。そう思うあいだにも、時だけは過ぎていった。

　階下のほうから、音がひびいてきた。わたしは寝室のとびらへ寄って、耳を澄ました。古くてだだっぴろい台所で、朝食の仕度にてんてこまいの妹が出す、雑音だった。しかしそんなことに興味はなかった。腹が減ったわけでもない。けれど注意だけは、どういうわけかいつまでも彼女のことから離れようとしない。この家で起きた奇怪なできごとは、不思議に、ほとんど彼女に影響をおよぼしていないようなのだ。〈窖《ピット》〉にいた化けものとの出会いをのぞけば、異常事が起こったことさえ知らないみたいだ。彼女も、わたし同様年をとった。けれどわたしたちは、今までほとんどなんの交流もなしに過ごしてきた。共通の話題がなかったのが原因だろうが、それともひょっとすると、年とって歓談よりひとりぼっちでいるほうが気楽になったせいなのかもしれない？　あれやこれやと、いろいろな想いが、瞑想にふけるわたしの脳裡をかすめていった。おかげで、先夜起こった事件にかんする気のめいるような考察からしばらく解放された。

　しばらくたって、わたしは窓辺へ行き、窓をあけて外をながめた。太陽は、もう地平線の上に昇っていた。冷たいけれど、甘く、張りつめた空気。すこしずつ頭がはっきりしてきた。そのうちに安心感までが湧きあがった。いくらか楽しい気分になって階下におりたわたしは、犬の様子が心配になって廃園へ出ることにした。

　犬舎に近づくと、昨夜わたしを襲ったのと同じ悪臭が鼻をついた。一瞬湧きでた恐怖感をふりはらいながら、犬を呼んだ。しかし相手はなんの反応も返さない。もういちど呼んでから、犬舎に小石を投げいれてみると、犬は不快そうに動きだした。名をもういちど呼んでみたが、近くへ寄ってはこない。そのうちに妹がやってきて、わたしといっしょに犬舎から犬を誘いだそうとした。

不幸な犬はやっと腰をあげ、妙にいたいたしいかっこうで、よろよろと外へ出てきた。太陽の光を浴びても、わき腹を震わせている。馬鹿みたいにパチパチと目ばたきする。あの恐ろしい傷がずいぶん大きくなっていることに気がついた。白っぽい綿状の菌が附着しているようだった。妹がなでにいこうとしたので、わたしはそれをとめた。ここ数日は、こいつに近づかないほうがいいからと、理由を説明した。犬が実際にどんな状態なのかわからない以上、用心するにこしたことはない。

一分後、彼女は家にもどった。まもなくすると、残飯をいれた容器を持ってまたやって来た。それを犬のすぐそばに置いてやったけれど、まだ犬には手が届かないようなので、こんどはわたしが、近くの灌木から折りとった枝をつかってそばへ押しつけてやった。家畜にとって食事は誘惑的なはずだと思っていたが、犬はまるで見むきもしない。だまって犬舎にもどってしまった。水入れには、まだ水も残っている。そこで妹とすこしだけ会話をかわしてから、わたしたちは家にもどることにした。あの犬がどうしてああなってしまったのか、妹には大きな謎だったろう。といって、彼女に真実のいくばくかを打ちあけることは、どう考えても正気の沙汰ではなかった。

その日は平穏に過ぎて、夜がやってきた。わたしは昨晩と同じ実験をくりかえす覚悟をきめた。

それが智慧というものかどうか、わかりはしなかったが、とにかく決心だけは固かった。けれど用心をおこたりはしない。書斎から庭に通じる扉をまもる三本のかんぬきには、両端にぜんぶ釘を打ちこんでおいた。すくなくともこれで、昨晩みたいな危険をくりかえすことは防げるわけだ。

十時から二時半ごろまで、ずっと外を見張った。なにも起こらなかった。わたしはとうとうベッドにもぐりこみ、やがてそこで眠りにおちた。

26　螢光を発する汚点《しみ》

とつぜん目をさました。まだ暗い。いちど、二度と、眠る努力をくりかえしたけれど、どうしても眠れない。頭が、ほんのすこし痛む。体が熱くなったり、冷たくなったり、交互にかわる。しばらくして、眠るのをあきらめる。手を伸ばして、マッチをさがす。ろうそくに灯をともして、読書でもしてみようと思う。そうしていれば、たぶん眠ってしまえるだろう。ちょっと手探りして、マッチ箱を見つけた。しかし明けてみると、暗闇のなかに螢光の汚点《しみ》が炎のように浮かびあがっているのに気づく。驚いた。もう一方の手をのばして、汚点《しみ》に触れると、汚点がわたしの手首についているのがわかった。かすかな警告の声を感じながら、いそいでマッチをすってそれを見た。けれど、手首には小さな引っかき傷以外なにも見えない。

「錯覚か！」半分安堵のためいきをつきながら、そうつぶやく。マッチが指を燃やすので、あわてて軸を落とし、もういっぽんすろうとして箱をまさぐりだすと、汚点《しみ》がまたひかる。これは錯覚ではないのだ。こんどはろうそくに灯をともし、その場所をくわしくしらべた。傷のまわりに、ほんのすこし緑色を帯びた変色部分がある。なぜあるのだろう。やがて、ひとつの考えがうかぶ。あの〈もの〉がすがたを現わした次の朝、犬に手をなめられたのを思い出したからだ。犬がなめたのは、傷があるこの手だ。いままで傷がついたことに、気づかなかったのか。はげしい恐怖を感じる。恐怖が、頭のなかへ這いいってくる――犬の傷ぐちも、夜になると光っていた。めまいを感じて、ベッドのわきにすわりこんだけれど、考えようとしても、精神が集中しない。この新しい恐怖がもたらした譬《たと》えようもない戦慄に、まるで頭脳が麻痺してしまったみたいだ。時が、だまって過ぎていく。わたしはいちど立ちあがって、いまのは錯覚だと自分にいい聞かせた。けれど、そんなことしたって意味がない。この事実にかんして、心のなかではなんの疑惑も抱いていないのだから。

数時間、闇と沈黙のなかで坐る。絶望に震え、わななきながら……

朝がきて、過ぎさり、ふたたび夜がおとずれる。

この朝はやく、犬を撃ち殺し、茂みのなかに埋めてやった。妹は驚き、怖がっている。しかしこっちは死にものぐるいだ。それに、撃ち殺したほうが犬のためなのだ。けがらわしい傷が、すでに左わき腹を覆いかくすところまでひろがっている。そして――わたしの手首についた傷も――あきらかにひろがっている。子供のとき習った祈りをくちばしっている自分に、何度も気づく。神よ、偉大なる神よ、たすけたまえ！　このままでは気が狂う。

六日間、なにも食べていない。いま夜だ。わたしは椅子にすわっている。ああ、神よ！　わたしが体験しているこんな恐怖を、かつて感じた人間がいるだろうか？　わたしは恐怖に覆いつくされている。あれからずっと、この呪うべき傷の焼けるような痛さを味わっている。いまでは左腕とわき腹にひろがり、首にまで這いよりはじめている。明日になれば顔を冒すだろう。そのうちに、見るも無残な、生きる屍《かばね》になってしまうはずだ。脱出の手だてはない。それでも、部屋の片がわにある銃架を見て、ある考えが浮かぶことは浮かんだ。いままでになかった奇怪な感情を抱きながら、いまもういちど銃架を見つめているところだ。その考えが、大きくふくらんでいる。神よ、死でさえ、こんな状況でいるより千倍も望ましいものだということを、あなたはご存知だ。こんな、こんな状況よりも！　主《しゅ》よ、許したまえ。これ以上生きてはいられない。いられない！死にたくはない！　けれど救いは絶たれた——ほかにどうすることもできない。このうえは、せめて最後の恐怖を回避するよう努めるしかない……

きっと、うたた寝におちていたのだろう。ひどい疲労を感じる。ああ！　あまりにもみじめだ——みじめだ。もう疲れきった。紙のすれる音さえが、頭にガンガンひびく。耳が異常に鋭くなっているようだ。ここにこうしてすわって、考えよう……

シッ！　なにか聞こえる。地下室の下からひびいてくる音。ギイギイと、きしむ音。あの巨大な樫製の上げ戸がひらく音。どんなやつが明けているのだ？　紙のうえを走るペンの音が、耳にとどろく……聞かなければならない……階段を踏む足音。近く、近くなる奇妙な足音……主よ、あわれなこの老人に、慈悲を！　扉の把手を、なにかがまさぐっている。神よ、救いを！　主よ——扉がひらく——ゆっくりと、なにかが——

手稿は、ここで終わっている。*

＊　手稿に記された最後の、不完全な単語から、かすかなインクの跡をたどっていくことは可能だ。ペン跡はずっと、紙からはみ出すまでつづいているように見える。おそらく、恐怖と衰弱のせいだろう――編者

27 結末

わたしは手稿を置いて、横目でトニスンを見つめた。かれは闇をにらみつけながら、だまって坐っていた。一分待って、わたしは口をひらいた。

「どうした?」

かれはゆっくりとむきなおって、わたしを見た。かれの心がいつのまにか胸を抜けでて、遠い涯へ飛んでいってしまったようだった。

「この男は気が狂っていたのだろうか?」半分うなずきながら、わたしは手稿を指してそうたずねた。

トニスンは、一瞬、無意識にわたしを見つめたようだ。それから、われにかえり、とつぜんわたしの質問の趣旨を了解した。

「ちがうね!」と、かれがいった。

わたしは反論しようと思って、口をひらいた。わたしの健全な常識が、この物語をまじめにとりあげさせようとはしなかったからだ。けれど、なにもいい出さないまま、ふたたび口をつぐんでしまった。どうしたわけか、トニスンの声にふくまれた確信が、わたし自身の疑惑に影響をあたえたらしい。けっしてかれの確信に屈服したわけではないが、わたしはとつぜん自分の疑惑が力を弱めるのを感じたのだ。

数分つづいた沈黙のあと、トニスンがぎくしゃくとした動きで立ちあがり、服を脱ぎはじめた。もう話はしたくなさそうだった。わたしもしかたなく口をつぐんで、かれの行動にならった。さっき読んだ物語ぜんたいが、まだ心を占領していたけれど、それ以上に疲労ははげしかった。

毛布にくるまると、日中まよいこんだ廃園の思い出が、心のなかに忍びこんできた。その光景がひきおこした奇妙な怖れを、ふと思いだした。トニスンのいったことばの正しさが、確信となって心にひろがっていった。

二人が起きたのは、次の日のずっとおそく――正午に近いころだった。夜の大部分を手稿の読破にあてていたのだから、たしかに無理はなかった。

トニスンは気むずかしく、わたしもいつもの自分ではなかった。一日じゅう、どこか気が晴れなかった。空気にも、ちり毛だつような冷たさがあった。釣に出かけようという誘いが、とうとうどちらからも出なかった。夕食をすまし、そのあとは坐りこんで、だまったまま煙草をふかした。

やがて、トニスンが手稿を読みたいといい出した。手わたしてやると、かれはひとりで午後じゅうずっと読みふけった。

わたしがある考えに行きついたのは、そんな状況のさなかだった。

「どうだ、もういちどあそこへ行って――」

わたしは顎でせせらぎの方向を示した。

トニスンが眼をあげた。「いや、けっこうだ！」そう、ぶっきらぼうに返事がかえってきた。けれどその返事のおかげで、わたしの心痛はいくらかやわらいだ。

あとは、かれの邪魔をしなかった。

お茶のすこしまえ、かれが不思議なまなざしでわたしを見た。

「いや、すまん、いまさっき、きみに声もかけないで。（いまさっき？　まったく！　ここ三時間というもの、ことばひとつかけないでおきながら）しかしね、きみがなにをくれたって、こんりんざいあそこへは行かんよ。ぜったいにいやだね！」そういってかれは、一人の男がつづった恐怖と希望と絶望の歴史を置いた。

次の朝、わたしたちは早く起き、日課の水浴に出かけた。前日の暗い気分をいくらかはらいおとせた。そこで、朝食を終えてから竿を持ちだし、一日を好きなスポーツでついやすことになった。

その日以来、わたしたちは心のなかで運転手が来る日を待ちこがれながらも、休日の残りを徹底的に楽しんだ。運転手がやってきたら、かれに、そうでなければ、かれを通じて小村のだれかに、ほとんど人にも知られぬこの地域の中央に横たわっているあの不思議な廃園について知っていることがないか、問いただしてみる心づもりだった。

こうして、ついにその日がやってきた。約束どおり、運転手が遠い道を迎えにきてくれた。まだ寝ているうちに車が着いたらしく、気がついたときには、かれはもうテントの入口にいて、釣果はどうかねとたずねかけていた。わたしたちは、そろってこっくりとうなずいてみせた。それから、二人してほとんど同時に、咽喉まで出かかっていた質問を投げつけた――川にそって数マイル下ったところにある廃園について、大きな〈窖《ピット》〉と湖について、何か知っていることはないか。それに、その近辺にある巨大な屋敷のうわさを、聞いたことはないか、と。

いいや、そんなものは知らねえ——と、返事がかえってきた。けンど、ずっと昔荒野のただなかに建っていた古い屋敷のことは、うわさに聞いたことがあらァ。けンど、記憶にまちがいがなけりゃ、そこは妖精どもの住みかだったそうな。たとイそうじゃなくたって、そこにゃなにか〈善くねえ〉ものがまつわりついちゅうたに決まってら。でもな、どちらにしたってわしがまだほんの乳呑み子だったころからこのかた——そんなうわさは聞いたことがねえ。その家についちゃ、くわしいことは何も知らねえでな。いまだんながたにきかれるまで、〈なんもかんも〉すっかりと忘れておったわ——と、かれはこたえた。

運転手からは、もうこれ以上なにも聞きだせないと考えたトニスンが、とつぜん口をひらいた。

「さあ、そのくらいにしとこう。おれたちが服を着こむあいだにひとつ村までいって、できればなにか聞きだしてくれるとありがたいんだが」

運転手は不承不承あたまをさげたあと、わたしたちが服を着こんでいるあいだに村へでかけた。着替えが終わって、朝食の準備にかかった。

かれがもどってきたのは、わたしたちが食席に坐ろうとしたときだった。

「村の衆は、みんなまだ寝とったで、だんながた」かれは、いつものとおり頭をさげて、そういった。そして、テーブルがわりに使った食糧箱のうえに並んでいる食べものに、眼を細めた。

「そうか、まあ坐れよ」と、友人がこたえた。

「さあ、おれたちといっしょに、朝食でもやろうぜ」その誘いに、相手はためらいも見せず乗ってきた。

食事のあとで、トニスンがもういちど同じ用事をいいつけて、かれを村にやった。そのあいだわたしたちは坐って煙草をすった。十五分ほどすると、かれがもどってきた。なにか聞きだしてきたらしい。村の長老からうわさを聞きこんだという。おそらく長老と名のつく年寄りならば——充分とはいえないまでも——あの奇怪な屋敷について、だれよりもよく事実を識っているはずだと、考えたようだ。

で、聞きだした知識というのは、ざっと次のようなことになる。例の〈長老〉が若かったころ——それがいったい、どのくらい昔だったかは知らないが——いまは廃墟の断片が転在するだけの廃園の中央に、巨大な屋敷が一軒あった。この家は、ずいぶん昔から空き家で、長老の生まれる前に、もうすっかりうち棄てられた家だったそうだ。遠く、かれらの父親の時代から、村人に嫌われた場所だった。それにまつわる流言は多く、おまけにそのどれもが邪悪な種類のものばかりだった。昼であろうと夜であろうと、だれも近づこうとしない。村では、冒瀆的なもの、恐ろしいものの代名詞として、この家の名が口に出されていた。

そこへある日、見知らぬ旅人が馬でやってきて、村を駆けぬけたあと川へくだり、いつも村人たちから〈家《ハウス》〉と呼ばれている建物のある方向へ消えていった。何時間かして、旅人は、来たときと同じアルドラハンへ通じる小径をたどって、帰っていった。その後三ヵ月、べつにこれといったうわさは聞かれなかったが、その月の終わりに旅人が再度すがたをあらわした。こんどは、老齢の婦人と、家具類を積んだ何びきものロバを連れてきた。かれらはとまりもせずに村を過ぎ、川ぞいにまっすぐ〈家《ハウス》〉をめざして旅していった。

そのとき以来、月々アルドラハンから食糧や必需品を運んでくる男をのぞいて、だれもかれら二人のすがたを見かけなくなった。それに、運び屋の男と口をきいた村人がいるわけでもなかった。食糧運びという仕事については、あきらかに高い賃金が支払われているらしかった。

歳月が、なにごともなく過ぎていった。村は平穏だった。〈家〉に食糧を運ぶ男のすがたが、毎月見られた。

ある日、運び屋がいつものとおりやって来た。村人にちょっとした会釈を送るだけで村を通りすぎ、〈家《ハウス》〉へむかっていった。いつもなら、かれが帰ってくるまえに日が暮れるはずだったが、その日にかぎって、かれは数時間もたたないうちにひどく興奮して戻ってきた。そして、あの〈家〉がそっくり消えてしまったという、驚くべき知らせをもたらした。〈家〉があったところに、いま、とてつもなく巨大な穴が口をひろげているというのだ。

このできごとは、どうやら村人の好奇心をひどく刺激したらしい。かれらは恐怖にうちかって、問題の場所へ押しよせた。そこで、運び屋が報告したとおりの光景を発見した――

聞きだせたのは、これだけだった。手稿の作者については、かれがいったい何者で、どこから来た人間なのか、けっきよくわからずじまいになるだろう。

作者の身もとについては、かれがきっとそう望んだように、永久に解きあかされることはあるまい。

その日、わたしたちは孤独なクライテンの村を去った。以来今日まで、そこへ足をむけてはいない。

夢のなかで、ときどきあの巨大な穴を見る。野生の樹々と茂みに包みこまれた、あのときそのままの穴を。せせらぎの響きが音を増し、やがて——眠っているわたしの耳もとで——ほかの、それよりもずっと低い物音と入りまじっていく。そして、すべてを覆いかくすのは、水しぶきがつくりだす永遠のとばり。

悲しみ＊

はげしい飢えが胸を満たす
　神々の手に握りつぶされたこの世が、
　　まさかこれほどに辛い動揺の種を――
そして縛《ばく》をやぶった恐るべき心臓から
いま躍りでた悲しみにも似た苦痛を――
　　生みだすとは思わなかった！

すすりあげる息は、すべて歎きの声
心臓は苦悶の鐘を搏《う》ちならし、
　脳裡には占める、ただひとつの想い。
この一生を通じても

（想い出という苦痛のなかを除いては）

すでに亡《な》いきみの手を把《と》れはしない！

うつろな夜のあいだを、わたしは求める
声をかぎりに、きみの名を呼んで。
　しかしきみはいない　夜の巨大な王座は
大いなる聖堂にいま変わる。
ただひとり宇宙をさまようわたしに
　星の鐘が喚びかける！

わたしは飢えて渚へ這いよる
慰めがそこに待つことを希《ねが》いながら。
　古き海の、永遠なる内奥から　這い出て——
しかし見ろ！　荘厳な深みのすべてから、
遠く神秘な声が問いかける
　二人はなぜ、めぐり逢えぬのか、と！

どこへ行こうと、わたしは独り
かつて、きみとともに全世界を手にしたのは夢か胸はいま、荒れくるう苦痛の栖《す》。

なぜなら、すべては過ぎたこと　そしていま
生命《いのち》が投げこまれる川をかこむ堤《つつみ》のはざまに押し流され、
そこですべては無に帰し、けして有に還ることがない！

＊　ここに掲げた数行の連《スタンザ》（四行以上の脚韻のある詩をいう）は、手稿の見返しうらにゴム糊《のり》で貼りつけられた上質紙に、鉛筆で記してあった。これらはすべて手稿よりも以前に書かれたものと考えられる――編者

新版へのあとがき

私が「団精二」の筆名でこの作品を翻訳したのは、いまからおよそ四十五年ちかく前のことである。まだサラリーマンになって数年目だったが、怪奇小説の原書を集める資金がどうしても必要だったことと、また何よりも海外作品の埋もれた名作を日本に紹介するという無謀な義務感に駆られたこととで、睡眠時間を徹底的にちぢめる極限生活を送っていた。

当時、早川書房はSFやファンタジーを文庫形式で刊行するという画期的な企画を始めた時期に当たっていたため、私たち大学を出立ての新米翻訳者も積極的に使ってくれた。私はこのチャンスを逃してはいけないと考え、さかんに企画を持ち込んだ。その手始めがホジスンの本作であった。

そのころ、私は《SFマガジン》に訳出されたホジスンの海洋怪奇小説『闇の声』と『闇の囁き』がたいへん気に入り、この作家の長編を読みたいと熱望していた。願えば奇跡は起こるもので、アメリカのエースブックというペーパーバック出版社が一九六五年に本書『異次元を覗く家』のわずか三十五セントのザラ紙版を出版し、その一冊が神田神保町の古本屋「東京泰文社」にはいった。それをまた偶然に私が掘り出したのである。一九六〇年代後半といえば、日本でペーパーバックを個人的に書店に注文することがほぼ不可能とされた時代である。アメリカ軍の関係者が持ち込んだものが払い下げられ、古本屋に流れる、という以外には、ペーパーバックなど大手洋書店もまじめに注文を受け付けてくれなかったからである。なので、この一冊には特別な愛着があって、今も私の書庫にしまってある。このあとがきを書くために四十年ぶりに引っ張り出したが、真っ赤に焼けたページのあちこちに書き込みがしてあるのが懐かしかった。

今はまったく違う仕事をしているから、このような古い作品が再刊されるのはゾンビになったような不思議な気分だが、どういうわけかホジスンへの興味だけは衰えていない。それは、翻訳をしなくなった代わりに海の博物学をあらたな関心事としたとき、ふたたびホジスンの名に遭遇したせいなのである。

もうすぐ七十歳になる私の最後の望みは、メキシコ湾のどまんなかにあるサルガッソ海へ出向いて生物調査をすることである。アメリカとヨーロッパ産のウナギの産卵海域で、海水が恐ろしいほど透明で、海中には生物の影がない。そのくせ、海面は流れ藻に覆われているからである。ながらく船の墓場として恐れられた魔の海だが、これを最初に横断することに成功したのがコロンブスだというのも、奇遇といえる。はるかなインドをめざして大西洋に船出したコロンブスが、この魔海にはまって身動きできなくなり、流れ藻に覆われた海面で生物観察をするしかなくなったが、乗組員の不満が爆発してしまう。「明日、風が吹かなかったらこの航海を断念するから」と大風呂敷を広げた直後、風が吹いてこの海域を脱出できたという。まさにはまり込んだら抜け出せない藻だらけの海域として知れ渡るのだが、現在はサルガッソ海を「奇跡の環境」と呼んで、科学的調査のターゲットとなっている。ここにただよう流れ藻は、ふつうなら腐って分解するのだが、浮遊状態で増殖できるという特質をもち、この藻には「コロンブスガニ」という捕食性の小ガニが住み着いている。ときどきこれがイギリスの海岸あたりまで流れてくるので、はまったら脱出できないことはないのだが、伝説のちからはおそろしく、いまだにサルガッソというと魔海のイメージがつよい。

サルガッソ海は、四方のどこにも陸地が接していない世界唯一の海である。この海域は、メキシコ湾流など四本の海流が大きな還流を形成して円を描きながら流れるので、真ん中に広大な中心域が生まれる。この中は静かな海となり、ブラックホールのように漂流物を吸い込んでしまう。むろん、船も例外ではない。カリブ諸島やアメリカ本土に育つ藻が切れて浮遊すると、ぜんぶサルガッソに集まるのである。もちろん、陸地から流れ出るゴミもここに集まる。ある意味でいえば、流れ藻やゴミがあることは陸地が近い証拠ともいえるので、ひょっとするとコロンブスはそれを知っていて賭けを挑んだ可能性もある。

ところが十九世紀も終わりになり、サルガッソ海の情報がたくさん伝わりだすと、古い噂に尾ひれがつき、そこに海洋小説の虚構が加わりだした。ジュール・ヴェルヌの『海底二万海里』にもサルガッソの話は出てくるが、この魔海に巨大なタコの化け物が住み着き、迷い込んだ船を襲うという荒びた伝説が流布するのも、これら海洋ロマンの力であった。なかでも、サルガッソ海の恐怖伝説を形成するのにもっとも力のあった作家が、どうやらホジスンだったらしいことを、私は知ったのである。

東北地方の有名な日刊紙《河北新報》という新聞が、明治期に欧米小説の翻訳を精力的に掲載したという話を、私は藤元直樹さんという博識の書誌研究家から聞かせてもらった。ちょうど東京創元社で刊行予定の《怪奇文学大山脈》と題したアンソロジーを計画していたときである。私は、明治時代に地方紙に載った翻訳小説とはいったいどんな作品だったのだろうと感心を抱き、細かい資料を見せてもらった。明治三十年から明治末までのリストには、当時欧米で出ていた小説雑誌から自由に拾い出したらしい大衆小説がずらりとならんでいた。しかし、かつては欧米でも小説を著者名なしで掲載する習慣があったので、タイトルだけわかっても、どんな話だったのか想像もできない。たまに『ウエークフィールドの牧師』などがでてくると、オリヴァー・ゴールドスミスの小説か、と分る程度だったが、明治四十四年に『絶海第五信』というタイトルがあった。じつに驚くべき発見であった。藤元さんがわざわざ調べてくれて、ホジスンのいわゆる「サルガッソ海物語」に属する海洋怪奇小説と確認できた。この短編は、サルガッソ海の恐怖を欧米の読者に印象付けた有名な作品で、まさにホジスンが売り出しの頃に書かれた『静寂の海から』(パート・ワンとツーの連作)という作品の部分訳であった。この作品のパート・ワンは一九〇六年にアメリカ誌《マンスリー・ストーリー・マガジン》という雑誌に掲載され、一九〇七年にはふたたびイギリス誌《ロンドン・マガジン》にも載せられた(同年にはパートツーも書かれている)。《河北新報》の編集者がどちらの雑誌で読んだかはわからないが、おそらく当時話題を呼んだ怪奇譚だったからであろう、新聞に部分訳で載せたのである。

この作品は、海外でも、サルガッソ海の存在を広く印象づけた初期の冒険小説として名を残している。とくに、海面は流れ藻のせいで粘りつくようなヘドロにあふれ、あちこちに舟の残骸が幽霊船のように沈みかけている、といった「海の墓場」のイメージは、この作品のハイライトである。ホームバード号という舟がサルガッソ海にはまりこみ、抜けられなくなる。

それも、外側を流れる激しい還流のため、流れ藻が縁に沿って海藻の壁をつくり、これを突破できないのである。海面に漂う流れ藻のなかにはタコやカニがおり、これらが動物を狙うのである。たしかに、コロンブスが見た肉食のカニ「コロンブスガニ」が存在するので、そのサイズさえ無視すれば空想ともいいがたい。ただし、ホジスンの作品では、豚も食ってしまう巨大ガニだが、実物は流れ藻をすみかにする親指の爪ほどもない小型なのである。

最後に生き残ったのは船長親娘と物語の語り手である男の三人。船長は語り手に娘と結婚してなんとかここで生きながらえろ、と命じた。二人は結婚し、娘が生まれる。だが、魔海から出ることはできず、襲いかかる大ダコなどを防ぐため船を要塞化し、そのまま二人だけで十年以上も立てこもる。船上で生まれた娘は、両親以外の人間を見たことがないのである。

食糧も尽き果てようとする状況の中、語り手はこの惨状を外の世界に知らせるべく、手紙を書いてたるに収め、気球をとばして外海に飛ばす。そのたるがさらに長い年月経って、ある船長の手に渡るという物語である。

私はこの話を読んで、まず『異次元を覗く家』を思い出した。どちらも孤立し要塞化した建物に籠城する話であり、外から野獣めいた怪物の群れに襲われている。が、同時に、夢野久作が書いた『瓶詰の地獄』との強い関連にも関心が向いた。ホジスンの作品には、海上で生まれたまま陸地を知らずに育つ娘が登場する。いっぽう、夢野久作の話には、絶海の島に兄妹だけ取り残された二人が性に目覚め、ついに一線を越え「幸せになった」ことを知らせる瓶詰の手紙がみつかるのである。ひょっとすると、夢野久作はこの翻訳を読んだかもしれないと思った。

しかしとにかく、まさか、まだ〈ボーダーランド〉三部作も発表していない新米作家時代のホジスンが、日本で翻訳されていたとは想像もつかなかった。おまけに、この小説はサルガッソ海を登場させた代表的な物語であるから、魔海のことも同時に日本に知られたことになる。この発見で、私はホジスンを通じてサルガッソの伝承がどんなふうに日本に伝えられたかを知りたくなった。

ところが、いろいろ調べているうちに、ネット上にすばらしいホジスン研究兼翻訳サイトがいくつか存在することを知った。日本人が運営管理する「Sigsand Manuscript」と「The Borderland」などは海外では得られない考察や書誌発掘があり、感心した。読者に勧められる情報性豊かなサイトであるが、前者のページに『静寂の海から』を訳した別の連載（それも明治時代！）が再録されていた。これがまたしても明治四十四年。《冒険世界》という雑誌に載った『絶海に生き残つた親子三人』と題された抄録翻案であった。新聞も同年五月から六月に掲載されているので、ほとんど同時である。これはいったいどうしたことであろうか。《冒険世界》はメジャーな雑誌でもあったので、夢野久作が読んだ可能性もグンと高まるが、翻案のスタイルが新聞よりもずっと単純な冒険小説に仕立てられているため、サルガッソ海のおどろおどろしい孤絶感や、その海に閉じ込められた男女の心情に共感しづらいのが、惜しい。

だが、明治時代の日本語訳二バージョンを読めたおかげで、ホジスンによるサルガッソ奇談の伝播が日本にも及んでいたことを知り得た。こうなると、いよいよホジスンのサルガッソ奇談に関心が向いてきた。そして、この渇を完全に癒してくれたのが、通販のアマゾンで発見した『ウィリアム・ホープ・ホジスン研究誌　サルガッソ』という洋書であった。年刊形式の機関紙という体裁を取りながら、ホジスンに関する詳細な研究を満載した雑誌で、表紙画もサルガッソ海を描いたすさまじい空想画を掲げている。おかげで、海外でもホジスンとサルガッソ海のかかわりが注目されているという事実にも遭遇することができた。私は勢いを得て、ネットの中を探ったところ、なんと、「ウィリアム・ホープ・ホジスン」と題したサイトにも巡りあった。そこには、私が求めたホジスン的サルガッソ伝承との深い関係を探究する記事までが載っていたのである。

上記のサイトには、ホジスン自身が早くも一九〇五年の段階から、自分が聞き始めたサルガッソ海の情報を勝手に流用する輩が出現していることに憤慨していた事実を示す書簡が掲載されている。それによれば、まだ『絶海第五信』すら発表されていない時期に早くも、自分の独創により誕生したネタが、少なくとも二件、他の作家に無断使用された、というのである。それを告発してやりたくても、無名作家の遠吠えには何の力もない、と残念がっている。これを一読すると、ホジスンがサルガッソ海の物語を核に当たり、船員時代に何度か遭遇した実際の海の印象に加え、かなり多くの故郷も混ぜ込んでいたことがわかる。上に紹介した手紙は、おそらく出版社に投稿した生原稿の内容が、なんらかの形で他の作家に盗まれたということを告発しているのだろうが、当時としてはそれだけ「サルガッソ海の怪奇物語」が未知の新鮮な話題でありえたことを物語っている。ということは、私たちが知っている魔の海サルガッソにかんする恐ろしいイメージの多くが、ホジスンの創作に拠っている可能性が高いのではあるまいか。

ついでに書くならば、〈ボーダーランド〉三部作のうち『〈グレン・キャリグ号〉のボート』(仮)は、ホジスンが書いたサルガッソものの中でも代表的な作品である。これをテキストに、ホジスンはサルガッソのどの部分に創作を加えたかを検討するのもおもしろい。翻訳は、間もなくこの叢書に追加されると聞いている。

最後に『異次元を覗く家』の翻訳にかんしては、残念ながら今は詳細に手直しする余裕をもたない。しかし、若いころの勢いに任せた訳業には愛着もある。現在の老成した自分にはもはやできない大胆で奔放なところを消すのも大人げないと考え、そのままにした。

したがって、訳者名も団精二のままにしたほうがよかったかもしれない。本格的な訂正にかんしては、他日を期すこととしたい。

失い、帰還する旅《トラベル》としての冒険（ハヤカワ文庫版解説）

W・H・ホジスンの名前をはじめて知ったのは、いつのころだったろう？　ぼくにとってこの作家は、H・P・ラヴクラフト同様、まぼろしの怪奇小説作家だった。かれの小さな物語『闇の声』が《SFマガジン》の〈恐怖と怪奇〉特集に載ったときも、それが映画になって「マタンゴ」という題で上映されたときも、このまぼろしの作家は魔力をうしなわなかった。

そういう作家って、小説を読むのが好きな人には、かならずひとりぐらい、いるんじゃないでしょうか？　その人の名前をはじめて耳にしたとき、その響きにすごく心ひかれて、たった数行の紹介を読んだだけで、もうどうしようもなく好きになるような作家が。けれど、せっかく好きになったのに、外国作家なら、翻訳がほとんどなかったり、日本人作家なら、本があまり、手にはいらなかったりで、いつまでも〈まぼろしの作家〉でありつづけるような作家が。

ふしぎなことに、そういう作家というのは、いうところの大衆小説作家である場合が多いようだ。すこしご年配の読者なら、H・R・ハガードなんていう人。新らしいところだったら、そう、キャロル・エムシュウイラーとかアン・マキャフリイなんていう人。

こういう作家たちは、とうぜん訳されていい作品をいくつも書いているのに、商品的にうまみがなかったり、ボリュームに問題があったり、紹介者にめぐまれなかったりで、いつも不運に泣かなければならない。ぼくがホジスンを翻訳する気になったのは、スペース・オペラでもなければ、ヒロイック・ファンタジーでもない。恐怖と怪奇に力点をおいたもうひとつ別の冒険SF（あるいは冒険ファンタジー）を紹介してみたかったからだ。まだ本格的に翻訳されだしていないアダルト・ファンタジーとともに、H・P・ラヴクラフトやホジスン系列の〈コズミック・ホラー〉は、魅力を秘めた未発掘の宝庫である。

まず恒例によって、作者の略歴からはじめよう。ウィリアム・ホープ・ホジスン（1877〜1918）は、英国エセックス州に牧師の子として生まれた。ごく若いうちに海へとび出し、八年間世界の大洋を航海してまわった。記録によると、この時期に世界を三度巡り、各国の港に寄港している。海上で人命救助を行ない、帝国人道協会からメダルを受けたこともある。第一次大戦のすこし前に結婚して、南フランスに住んだが、大戦勃発とともに英国へもどり、陸軍一七一連隊の指揮官に任命された。一九一七年、連隊とともにフランスへ渡り、各地で勇名をとどろかせた。翌十八年四月に行なわれたドイツ軍総攻撃を水ぎわでくいとめた将校のひとりでもある。それからすぐあと、かれは連隊の斥候に志願し、最初の危険な任務に出発したさい、運わるく銃弾を受けて戦死した。

現代のSF作家からは、とうてい生まれてこないだろう、戦死という形の死をとげたかれの短い一生は、伝記でも書いてみたくなるほど冒険に満ちている。こういう、作家らしくない一生を送った作家にまるで弱いぼくとしては、ここで当然、ジャック・ロンドンに対して抱いたのと同じ好奇心を燃やさずにはいられなくなる。これでもし、海と戦闘に生きたこの作家が描いた物語に、ハーマン・メルヴィルやジョゼフ・コンラッドの作品にただようあの厳しい運命感と男くささがふくまれていたら、ぼくはもう絶対的なホジスン馬鹿になっていたろう。

ところが！　ぼくの予想はみごとに外れた。厳しい運命感はあったけれどホジスンは〈人間《おとこ》〉を描かない。かれの作品でいつも主役を横どりするのは、得体のしれない海の怪異と、おどろくなかれ、清らかな〈愛〉の詩《うた》なのだ！

（あまりにもシラけたからと、本を投げださないでください。もちろん、清らかな〈愛〉のロマンスに、こんなところで巡りあえるとは思わなかったと、感涙にむせぶのも、まだ早いようです。ぼくがこう書いたのは、かれが単なる海洋冒険小説の作家ではなかったことを、立証したかったためなのですから）

Ｈ・Ｇ・ウエルズやジュール・ヴェルヌほどの偉大な想像力を持ちあわせていなかった当時の大衆作家によって、この時代にすでに語りつくされたＳＦ的テーマがひとつある。つまり、〈海〉のことだ。アメリカでは、フランク・Ｒ・ストックトンが『サルディスの巨石』という海洋ＳＦを、またブラッドショオというジャーナリストが冒険ＳＦ『アトパタヴァルの女神』を残したし、本拠地イギリスでも、神学的命題をインスピレーションの源にした作家Ｍ・Ｐ・シールが『紫の雲』をはじめとする海洋ＳＦを多数書き残した。いや、それよりもさらに遠く、フランスやイギリスには、〝Voyage Imaginaire〟すなわち幻想航海譚の確乎とした系譜がある。その証拠に、今日ＳＦ作家としては知られていない大衆作家の作品、たとえば古くカットクリフ・ハインの『失われた大陸アトランチス』や、エドウィン・アーノルドの『フェニキア人フラのすばらしい冒険』、また新しいところでデニス・ホイートリーの『アトランチスの発見』などを上まわる面白さをもつ海洋冒険SFは、ガーンズバック以後の作品にほとんど見当たらない。

ところで、大衆読者層に迎合した大衆小説の歴史を、たてに眺めていくことは、SFの問題とは離れてたいへんに興味ぶかい。小説というものがはっきりと大衆のものになった最初の形態は、おそらく、十八世紀末葉の〈新しいロマン〉——つまり当時の宗教生活にハメを外させた異端者の小説ゴシック・ロマンだったろう。この種の小説は、貸本や回覧という形式で下層クラスの読者にもひろく流布したはずだし、その主目的は——いうまでもなく煽情である。ゴシック・ロマンのなかには確乎とした主張はなかったけれど、かわりにその形式は、まったく新しい方法をもたらした。つまり、作者固有の世界に——したがって、作者が必要と認めた法則が、現実のそれとはまったく別に作用する小説空間に——読者をひきずりこむ技術だ。ゴシック・ロマンを今読んでみれば、すぐに分かる。そこには中世以来の伝統的ロマンスや、ラブレー風のアレゴリーがある一方、現代の推理小説や恐怖小説に見られるスリルの手法があきらかにうかがえる。その意味で、ゴシック・ロマンは恐怖小説でもなければ推理小説でもない、まさに〈新しいロマン〉にほかならなかった。

次につづくのは、ウィリアム・ベックフォードを祖先として、リチャード・バートンの千夜一夜につながる東洋小説《オリエンタル・ストーリィ》の流行だろう。この種の小説が読者にあたえたのは、三十年代のSFが担った任務とよく似た〈驚異《ワンダー》〉の創造だった。また、H・ライダー・ハガードを中心としたアフリカ探検物も、新しいロマンとしてはあげておく必要があるだろう。

こうして世紀の変わりめが過ぎ、時代が新らしくなると、海洋科学や潜水術の発達、あるいは南北極探検熱による海洋冒険小説熱の再燃がつづいてやってくる。それは、十九世紀後半に急発展した文化人類学や古代文化史関係の民俗学が直接影響して惹きおこされた、原人と恐竜の古代冒険小説と並行して、繁栄していく。

ところで幻想航海譚（海洋冒険小説）の系譜は、古くルネサンス時代にまで遡り得る。ぼくは、時代の趨勢を考えるバロメーターとして、ほかのどんなジャンルよりもこの種類の小説に心ひかれるのだ。それには、ふたつの尺度がある。ひとつはその航海が、奪うためのものか、それとも失うためのものか、という問題。そしてもうひとつは、未知への旅立ちか、それとも故地への帰還か、という問題である。

実例をあげよう。日本の冒険小説作家押川春浪は、奪うための航海と、未知への旅立ちたる航海とを扱った。例はいくらもある。

尺度としての海洋冒険小説の、以上のような傾向を考えてみると、ホジスンの海洋怪奇小説は、あきらかに失うための航海であるが、しかし未知への挑戦意識には満ちている。これがもし故地への帰還を意図したものならば、ウィリアム・モリスやダンセイニのような、アンチユートピア小説になるところだ。しかしホジスンの場合は、宇宙という未知の存在との対決を通じて〈死〉に向かう傾向をとる。そこには、ポオの〈帰還不可能な〉航海物語と、ロバート・ネイサンが、『ジェニーの肖像』で扱ったと同じ、宇宙をへだてた運命の〈恋〉が混在している。それとまるで同じことが、実はもうひとりの海洋SF作家M・P・シール（1865～1947）にもいえるのだ。かれの代表作『紫の雲』に現われる航海は、地球破滅のための航海であり、さらにそこで語られる恋は、世界の終末を背景にした恋である。十九世紀末から二十世紀初頭にかけては、まるでマゾヒスティックな風潮がヨーロッパを覆っていたかのようだ。かれらがこういった小説を書くことのできた理由のひとつは、社会がまだ、虚構上の体験によって現実以上の興奮を得ることのできる時代にあったからである。つまり、かれらの小説が、しばしば現実以上の生ま体験を読者に与え得たからである。

　公正に判断すれば、ホジスンはあきらかにその時代とともに生きた海洋小説作家のひとりだった。今回訳出した作品は、直接海をあつかっているわけではないけれど、やはりどこかに本領の海洋怪奇小説の味わいが匂っているから、ここまで長々と書いてきたホジスン評価の、ある程度の裏づけにはなると思う。

　しかし待ってほしい。そんなひと時代も前の申し子なら、ぼくだっていまさら紹介しはしない。ぼくはまだ、かれの想像力のなかにひそんでいる、ずば抜けたイメージ構成力についてひとことも触れていない。

　かれのつくりだしたイメージは、ほとんどどれひとつを採りあげてみても、独自の創造といっていいようだ。キノコに変身する人間、精神だけの存在となって永遠の時間を旅行する人間、地球〈最後の百万年〉を、ピラミッドのなかで迎える人間、そういった象徴的な状況を描写するにあたって、かれは意識的に〈言語〉を描写する。簡単にいえば、作者が描こうとする対象を、ことばによって描写するのではなく、はじめから〈名前〉をつけて呼んでしまい、それ以上の説明を行なわない方法だ。本書を見よう。作中の主人公は、いくつもの異常な物体や光景を目撃する。しかしそれに対する説明は、ときとして〈家《ハウス》〉であり、〈窖《ピット》〉であり、〈中央太陽《セントラル・サンズ》〉であり、〈時計のゼンマイが捲きもどった音〉でしかない。描写を極端に減らして、むしろ言語そのものを対象にすり替えてしまう方法――ここに、ホジスンの新しいイメージ構成法を見つけることができるのだ。それに恐怖のもりあげかたが、ものすごくうまい。

　けれど、ホジスンのこの方法について、作者自身がそれを充分意識的に用いたかどうかは、多少考察を要する。おそらくホジスンは、方法としてのイメージ構成を、まったく別の意図から偶然に、みちびきだしたのだろう。では、別の意図とは何だろう――ホジスンの他の作品を読んでいくと、この作家が魔神論やタロットや心霊学に精通していた事実を発見できる。そういう理論が好んで用いるシンボルとしての符号や固有名詞の魅惑と、それが生みだす抽象的な神秘感の効用を、かれはよく知っていたのだ。想像もおよばない異次元の冒険を描くとき、かれがそれほどに魅惑的な手段を無視したとは信じられない。物語一の奥行きを――そしておそらくは、見せかけの奥行きを――ひろげる意図から、この方法を利用したにちがいない。後世の作家、とくにデヴィッド・リンゼイが『アルクトゥルスの旅』で用いたような、自由奔放だがあきらかに手法として意識した書きかたとは、ホジスンの場合どこか違う理由もこの辺にあるのだろう。

　ところで本編は、ホジスンの最高傑作であると同時に、作者自身が〈ボーダーランド三部作〉と呼んでいる怪奇冒険シリーズの第二部を成すものでもある。第一部というのは『〈グレン・キャリグ号〉のボート』"The Boats of the Glen Carrig"（1907）という長編でかれの処女作とされている〈失われた大陸〉物である。十八世紀に時代を設定し、難破した船から脱出した人々がたどりつく恐るべき孤島での冒険を描いている。全体に古いロマンスの香りを匂わせているが、海藻だらけの海に出没する怪生物や、植物人間の恐怖、そして海の脅威をいたるところに登場させる趣向は、読んでいて飽きない。三部作のなかではいちばん古めかしいが、冒険小説ということばに最も適合した物語だろう。本書『異次元を覗く家』"The House on the Borderland"（1908）は、前作の好評に気をよくしたホジスンが、一転して地球終末をテーマに選んだ一作、かれ最大の傑作であることに疑いはない。S・ファウラー・ライトの『時を克えて』や、ステープルドンの『スターメーカー』が、この作品から強い影響を受けたことは、すでに知られている。そして三部作の最後は、『幽霊海賊』"The Ghost Pirates"（1909）といって、本領の海洋恐怖を前面に押し出した怪奇小説である。一隻の幽霊船がすさまじい最期をとげるまでの物語で、海の魔物や海の怪現象や航海の恐ろしさがすべて盛りこまれている。訳者としてはできることならホジスン三部作をぜんぶ紹介したいと願っている。

ホジスンはほかにも、遠い未来の地球に生き残る人類と、かれらが暮らす巨大なピラミッドを扱った冒険SF『ナイトランド』"The Night Land"（1912）という長編や、幽霊狩人カーナッキが登場する恐怖短編集『幽霊狩人カーナッキ』"Carnacki, the Ghost-Finder"（1910）や、海の恐怖をあつかった二つの短編集を残している。

最後に、ホジスンの怪奇SFを最初にアメリカに紹介したのは、ファンタジイ作家ヘンリー・S・

ホワイトヘッド（日本でも、かれの恐怖ＳＦ『わな』が訳されている）ではないかと思う。一般にアメリカでの発掘者はＳＦ雑誌編集者Ｈ・Ｃ・コーニグということになっているが、この人がホジスンを読んだのは一九三〇年以降のことで、Ｈ・Ｐ・ラヴグラフトのホジスン発掘よりは早いけれど、ホワイトヘッドより遅い。ホワイトヘッドは一九三〇年四月に《ウィアード・テールズ》誌に発表した怪奇小説『あかずの部屋』のなかで、ホジスンの怪奇ＳＦについてくわしく触れ、また自分の作品の落ちの一部にも使っている。

ホジスン主要著作リスト

1 The Boats of the Glen Carrig, 1907（ボーダーランド三部作・１）
2 The House on the Border land, 1908　本書（三部作・２）＊後注１
3 The Ghost Pirates, 1909（三部作・３）＊後注２
4 The Night Land, 1912
5 Poems and A Dream of X, 1912
6 Carnacki, the Ghost-Finder, 1913（短編集）
7 Men of the Deep Waters, 1914（短編集）
8 Cargunka, 1914
9 The Luck of the Strong, 1916（短編集）

10 Captain Gault, 1917
11 The Call of the Sea, 1920（詩集）
12 The Voice of Ocean, 1921（詩集）
13 The House on the Borderland & Other Novels, 1946（1、2、3、5を収める）
14 Carnacki, the Ghost-Finder, 1947（4の増補版）
15 Deep Waters（7、9の大半と遺作数編を収める）

（後注1）

本書のテキストは、エース・ブック版を用いましたが、多少カットされた部分があるため、必要に応じアーカム社版のテキストを参照しました。


（後注2）

この初版には、ロード・ダンセイニの作品に幻想的挿絵を提供した挿絵画家兼編集者シドニー・H・シームが、すばらしい雰囲気をただよわせる扉絵を描いている。二人の縁は、ホジスンが原稿を持ち込んだ《ジ・アイドラー》"The Idler"という文芸誌において交差している。シームは一八九八―一九〇〇年ごろまで、この雑誌の所有者兼編集者であった。一方、ホジスンは幽霊狩人カーナッキ物の一編『口笛の鳴る部屋』が掲載された際、編集人は作品に先立って、読者へ次のようなメッセージを送っている。

「W・ホープ・ホジスン氏のカーナッキ物が広汎でしかも伝染病のごとき精神疲労を惹起している現象に対し、国内のいたるところから当誌に不満が寄せられ続けている。残念ながら現状は、鋭敏なる読者を安堵させることも鎮静させることも叶わぬため、本誌はやむを得ず警告を発することにした。すなわち、今月掲載する予定の『口笛の鳴る部屋』は、前作よりもさらに恐ろしくなってきているのである。本誌広告部長は校正刷りを読んだあと二日間床《とこ》につき、校正係は仕事をことわってきた。もっと悪いことに、もっとも賢明な本誌スタッフまでもが——いや、泣きごとを書いて同情をひく暇はない。四月にはさらにこのシリーズの新作が掲載されるのである」

（訳者）

（この項、新版刊行時に追加）

初刊：『異次元を覗く家』団精二訳　早川書房（ハヤカワ文庫SF）一九七二年五月
刊行にあたり、訳者の名義を荒俣宏に改め、訳文を訂正し、「新版へのあとがき」を追加しました。

ウィリアム・ホープ・ホジスン William Hope Hodgson

1877年、英国エセックス州に生まれる。十代で船員となり、苦労のすえ三等航海士の資格を取得。下船後、体育学校の経営者、写真家を経て、1904年に小説家となる。代表作に怪奇長篇『幽霊海賊』(アトリエサード)、幻想長篇『ナイトランド』(原書房)などがある。1914年、第一次世界大戦に従軍し、1918年にベルギーで戦死。後に再評価され、海洋奇譚集『海ふかく』(国書刊行会)はじめ多くの作品が出版された。

荒俣 宏(あらまた ひろし)

1947年、東京都に生まれる。小説家、翻訳家、博物学者など多方面で活躍。幻想文学系統の著訳書に『帝都物語』(角川書店／日本ＳＦ大賞受賞)、『新編 別世界通信』(イースト・プレス)、《怪奇文学大山脈》(編著／東京創元社)、ラヴクラフト他『ク・リトル・リトル神話集』(編・共訳／国書刊行会)、ホジスン『ナイトランド』(原書房)、ダンセイニ『ペガーナの神々』(早川書房)など多数。

ナイトランド叢書

異次元を覗く家

著　者　ウィリアム・ホープ・ホジスン

訳　者　荒俣宏

発行日　2015年11月2日

発行人　鈴木孝

発　行　有限会社アトリエサード
東京都新宿区高田馬場1-21-24-301 〒169-0075
TEL.03-5272-5037 FAX.03-5272-5038
http://www.a-third.com/ th@a-third.com
振替口座／00160-8-728019

発　売　株式会社書苑新社

印　刷　モリモト印刷株式会社

定　価　本体2200円＋税

ISBN978-4-88375-215-7 C0097 ¥2200E

www.a-third.com

ナイトランド・クォータリー

ナイトランド・クォータリー

海外作品の翻訳や、国内作家の書き下ろし短編など満載の
ホラー&ダーク・ファンタジー専門誌(季刊)

vol.02 邪神魔境

vol.01 吸血鬼変奏曲

A5判・並装・136頁・税別1700円/2・5・8・11月各下旬頃刊

新創刊準備号「幻獣」

A5判・並装・96頁・税別1389円

TH Literature Series(小説)

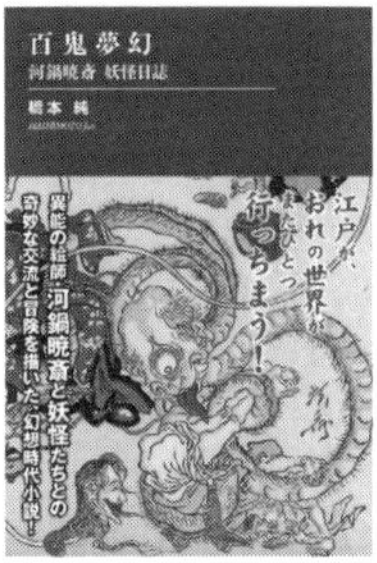

橋本純

「百鬼夢幻~河鍋暁斎 妖怪日誌」

四六判・カヴァー装・256頁・税別2000円

江戸が、おれの世界が、またひとつ行っちまう!――
異能の絵師・河鍋暁斎と妖怪たちとの
奇妙な交流と冒険を描いた、幻想時代小説!

最合のぼる(著)+黒木こずゑ(絵)

「羊歯小路奇譚」

四六判・カヴァー装・200頁・税別2200円

不思議な小路にある怪しい店。
そこに迷い込んだ者たちに振りかかる奇妙な出来事…。
絵と写真に彩られた暗黒ビジュアル童話!

詳細・通販は、アトリエサード http://www.a-third.com/